主编◎洪 军

名人笔下的大运河

·南方出版社·
·海口·

图书在版编目（CIP）数据

名人笔下的大运河 / 洪军主编 . —海口：南方出版社，2019.11

ISBN978-7-5501-5766-8

Ⅰ . ①名… Ⅱ . ①洪… Ⅲ . ①散文集－中国－当代 Ⅳ.①I267

中国版本图书馆 CIP 数据核字 (2019) 第 245923 号

名人笔下的大运河

主　　编：洪　军

策　　划：王根宝　胡克明

责　　编：李　雯

出版发行：南方出版社

邮政编码：570208

社　　址：海南省海口市和平大道 70 号

电　　话：0898-66160822　　传真：0898-66160830

印　　刷：三河市同力彩印有限公司

开　　本：787mm×1092mm　　1/16

印　　张：6.25

总 字 数：74 千字

版　　次：2019 年 7 月第 1 版　　2024 年 8 月第 2 次印刷

印　　数：1 － 3000 册

定　　价：30. 00 元

不是生母，便是乳娘（代序）

——运河、运河城市及其城市精神

孙家正

　　世界运河名城的市长们首次聚会中国历史文化名城扬州，在流淌着千年文明的中国大运河畔，举办首届世界运河名城博览会和世界运河名城市长论坛，共同来讨论运河的保护和利用，共同推动运河城市的可持续发展，这是一次具有历史意义的聚会。

　　自然的河流是人类文明的摇篮，人工的运河则是人类文明的杰作。在中华民族的历史上，能够与长城并列的伟大创举，我认为首推大运河了。开凿运河的初衷，常常是出于经济、政治或军事上的考虑，运河也确实在这些方面发挥了重要的作用。但是，随着历史的发展、时间的推移，人们越来越深刻地感受和认识到运河的文化意义。

　　从古至今，世界各国人民开掘了许多规模不等的运河，运河沿岸的城市更是举不胜举。仅就中国大运河而言，这次与会的市长和市长代表，就有 24 位。运河城市与运河的关系，可以说是血脉相连。我们聚会的扬州与她身旁的这条运河就是在公元前 486 年同时诞生的。

七年之后，扬州将迎来建城和运河开凿 2500 周年的盛大纪念。近 2500 年间，扬州这座城市与运河同生共长，兴衰与共，扬州人满怀深情地把运河称之为自己的母亲河。我未曾系统地研究过世界其他运河与其城市的关系，不太清楚它们与城市的出现，哪些在先，哪些在后。但有一点似乎是可以肯定的，那就是运河毫无例外地养育了沿河的城市。千百年来，运河在航运、灌溉、给水、防洪、改善生态环境等方面发挥了重要的作用，运河给相关国家和区域带来巨大利益，特别是，运河促进了沿河城市的发展和繁荣，同时，运河还催生和哺育了一批新兴的城市。运河沿岸的城市及其居民，与运河世代相伴，朝夕相处，密不可分。运河成为城市面貌的特征和不断生长的活力。运河之水融入了市民的日常生活，也荡漾在他们的梦境之中。因此，可以说，运河对于她身边的这些城市，不是生母，便是乳娘。

城市是市民安居乐业的地方，也是他们魂牵梦绕的精神家园。市长是受市民委托来管理城市的，作为城市的托管者，肩负着重大的责任。运河城市的市长要想为市民营造一个安居乐业、形神兼备的城市家园，在从事城市规划、建设、管理的时候，当然就离不开对于城市与运河的关系的深刻认识，离不开对于城市精神的自觉培育。

运河不仅哺育了沿河的城市，也赋予了这些城市一种独特的精神和气质，并在长期的发展过程中，逐渐地形成自己特有的城市精神。由于历史、地理、文化背景的不同，这些城市的精神，自然会存在差异，各具特色，但既然同为运河城市，有些方面必然会有共通之处，有些感受和启迪，我想也许会更容易引起共鸣。

尊重历史，饮水思源的感恩情结。运河沿岸的人民对于运河总是一往情深。运河给人们以一种深刻的历史感。面对运河，人们就会自然地联想到先民们筚路蓝缕，艰苦创业的情景。近2500年前，吴王夫差开挖了邗沟，建造了邗城，邗沟是大运河的发端，邗城是扬州城的前身。夫差其人在中国历史上受到的批评甚多，后来在吴越战争中，国破身亡。但扬州人始终没有忘记他对于扬州和运河的初创之功。还有西汉的吴王刘濞，东拓运河入海，发展盐业，使扬州开始走向鼎盛。刘濞后来也未得善终，但他与夫差至今仍端坐在扬州运河畔的大王庙里受人祭拜。庙前有副对联：曾将恩威遗德泽，不以成败论英雄，表达了扬州人对他们的追念。其实，对于大运河，真正称得上功勋卓著的，应首推隋炀帝。这是一个在历史上被以大过掩盖了大功的悲剧人物。历史人物和历史现象的评判往往错综复杂，但有一点似乎可以肯定，那就是，对于国家、民族作出过某些贡献的人，人们总是不会忘记的。何况，一切历史伟大成就的创造，其主体都是那些名不见经传的百姓。荀子说，先祖者，类之本也。文化遗产是我们民族悠久历史的证明，是我们与遥远的祖先沟通的唯一渠道，也是我们满怀自信走向未来的坚实根基。我们应该永远保持对于历史的尊重和思考，对于祖先的缅怀和感恩。以这样一种认识和情怀，我们就会发自内心地去珍惜、呵护运河，珍惜、呵护我们民族一切优秀的文化遗产。扬州以及许多运河城市的人民已经拥有了这份情感和精神，我们需要倍加珍惜这份情感，大力弘扬这样的精神。

善于沟通，包容开放的宽广胸怀。文化是什么？从某种意义上讲，文化就是沟通。如果人与人之间没有沟通的愿望，便不会有文化的诞生。这一点，运河与文化极其相似。运河的本质也是沟通。夫差开挖邗沟，沟通了江淮，大运河的最终完成，从而沟通了海河、黄河、淮河、长江、钱塘江五大水系。中国的地形西高东低，几乎所有自然的河流都是由西向东流淌，最终注入大海，唯有大运河横贯南北，把诸多水系，以及北方与南方、京城与地方沟通联系起来。世界所有的运河情况不一，但其沟通的功能，莫不如此。比如，苏伊士运河沟通了地中海和红海，巴拿马运河沟通了太平洋和大西洋。沟通是运河的本质特征和功能，也是运河城市应有的城市精神。运河联系着江河湖海，河面上船帆如云，川流不息。生活在运河之畔的人们，耳濡目染，潜移默化，胸怀便会变得开阔博大起来。人们会渐渐明白，自己并非孤立地存在，身外还有一个更加广阔的世界，远处那些素不相识的人们，其实与自己是紧密地联系在一起的。他们希望自己有着美好的未来，同时也把良好的祝愿寄予他人。我们应该弘扬这种善于沟通、包容开放、关爱他人的精神。

永不停息，不断更新的创造精神。我们身边的这条运河是古老的，2000多年前它就已经存在了，维系运河之水不断流淌的堤岸，好像是凝固的，其实，它也在不断地变化着，特别是运河当中的流水，可以说每时每刻都是不一样的，正如古希腊哲学家赫拉克利特所言：人们难以两次踏入同一条河流。所以说，我们身边的运河，是古老的，同时，又永远是年轻的，它不停地流淌着、发展着、前进着。逝者如斯，不舍昼夜，流水不腐，万物同理。运河赋予我们一种铭记历史，又不断求新的精神。传统给我们以深刻的归属感，它是我们的血脉和前进的根基，我们应该好生继承、维护赖以生存和发展的根基；创新是最好的继承，它是人类繁衍生息的生命，我们应该与时俱进，永葆不断创新的生命活力。

人与自然互动感应，友好相处的和谐精神。在生产力低下的古代，人们往往是自然的奴隶，人类为了改变自己的命运，总在努力地改造自然，以适应自己的生存和发展。随着生产力的发展，特别是工业革命以后，人类自身的潜能得到了极大的释放和发挥，创造了许多彪炳史册的奇迹，然而，隐忧渐显，人类似乎因此而变得越来越有点盲目，甚至狂妄起来，"征服自然"的企图，鼓动、引诱人类做出许多损害自然、危及自身的蠢事。而运河则是人类处理与自然关系的成功、光辉的典范。人工运河是人类对于自然的改造和利用，但这种改造和利用，只是因势利导地顺应自然，把业已存在的海洋、湖泊、河流用人工的方式连接起来，以造福人类。开掘运河，展示了人类的聪明才智和创造伟力，却又并未因此而堕入征服自然的妄想之中。实际上，人工的运河随着历史的发展已融入了自然，最终成为人们赖以生存的自然的一部分了。改造自然，但并不损害自然，利用自然，同时又保护自然，这就是运河给予我们的启迪，是运河城市应有的城市精神，也是人类应该铭记的普遍真理。

运河促进了经济的发展，给我们带来了财富，改善了环境，给我们以舒适的生存空间，同时，它也滋养着我们的心灵，给我们以丰富的情感，启迪着我们的思想，活跃着我们的思维，让我们去思考城市发展中将会面临的许多新情况、新问题，让我们有智慧、有能力在不断地研究新情况、解决新问题的过程中，创造着美好的未来。

我预祝在座的各位市长所领导的城市能够欣欣向荣地发展，同时又永远保持它那特有的、迷人的魅力。

作者系全国政协原副主席。

目　录

烟花三月见扬州

廖　奔

向往扬州，向往烟花三月的扬州，很久了。

"朱自清散文奖"活动提供了机会。

现在的高铁真是神速，刚才还在春花初绽的北国，一忽儿就来到草长莺飞的江南了。

沿途一派清丽气色，越近市区越是如此，尤其瘦西湖附近，真正是满目秀色可餐。我想，扬州西湖之冠以"瘦"，大约有其审美的通感功能。古人品石，强调"瘦、皱、透、秀"。要秀，先须瘦。朱自清心里惦着的江南曲曲折折的荷塘，就像瘦西湖一样瘦瘦的吧？

我一直从古诗词里感知着扬州，头脑中挥之不去的就是两个字：清秀。

你想，当年李白烟花三月送故人下扬州时，眼睛里盈盈流动的，是一派对清朗、秀丽的向往和憧憬吧。宋词泰斗姜夔则在《扬州慢》里袒露着留恋："淮左名都，竹西佳处，解鞍少驻初程。"我最爱唐人张若虚《春江花月夜》一诗里清净澄明的时空、邃远无垠的心境，原来他是扬州人，这就不奇怪了。后来识得几位扬州秀士，更加重了这一印象。在中国艺术研究院读研究生时，同班的孙玫、陈小鲁都来自扬州，让人眼睛一亮：原来这就是"秀才"。唱扬剧的名小生李政成，让人想到柳梦梅。

在我的印象里，扬州是和下述关键词连在一起的：扬一益二、唐诗、史可法和扬州十日、扬州八怪、京杭大运河、盐商、乾隆下江南、戏曲。

"扬一益二"是唐代形成的一个说法。唐都长安，东都洛阳，为什么不是"长一洛二"？扬州文物兴盛，成都物产富饶，两家成为全国最繁华的城市，经济地位超过了长安、洛阳，足见安史之乱以后，中原经济地位下降，长江流域地位上升。当时还有"天下之盛扬为首"的说法，所以才有诗人杜牧的"十年一觉扬州梦，赢得青楼薄幸名""二十四桥明月夜，玉人何处教吹箫"，所以才有诗人徐凝的"天下三分明月夜，二分无赖是扬州"。

扬州有幸，唐宋一批著名诗人词人都和它有缘——张若虚、杜牧外，白居易、欧阳修、苏轼也都在此居住或做官多年。或者反过来说，著名诗人词人常常和美丽城市有缘。上有天堂下有苏杭，苏州有

山塘街，又称白公堤，白居易任苏州刺史时发民夫所筑；杭州西湖有苏堤，苏轼任杭州太守时所建。扬州呢？刘禹锡有一首七律，叫做《酬乐天扬州初逢席上见赠》。乐天即白居易，唐敬宗宝历二年（826年）罢苏州刺史返回洛阳，刘禹锡也罢和州（安徽和县）刺史返回洛阳，两个大诗人在扬州初次相逢，多高兴啊，于是喝酒欢宴。白居易在宴席上作诗赠与刘禹锡，刘禹锡也写诗作答，就是"巴山楚水凄凉地，二十三年弃置身"那一首，名句还有"沉舟侧畔千帆过，病树前头万木春"。为什么去洛阳要经过扬州呢？大运河水陆码头嘛，江北第一站嘛，所以诗人来来去去。我的小城开封，唐代李白、杜甫、岑参也都来来去去。诗人净去好地方，好地方招诗人。

史可法、扬州十日就是扬州的骄傲了：清军南下，势如破竹，一路上没有遇到像样的抵抗。但明弘光元年（即清顺治二年，1645）四月到达扬州时，我的开封老乡、南明兵部尚书史可法率领扬州军民坚决抵抗，誓死不降。清军损失惨重，恨得咬牙切齿，因此城破后，展开了惨无人道的十天屠城，死难八十万人，史称"扬州十日"。原来扬州不止有秀丽，还有顽强和不屈，它撑起了民族的脊梁。知道这个史实之后，我对扬州人更是敬重十分。

清代画坛扬州八怪，就是我们可以直接触摸到的艺术才杰了，金农、郑板桥，代表了中国艺术新的审美风气和趋势，影响到近现代。扬州一应博物馆、文化馆和各种楼堂馆所里，都悬挂着他们的作品，这里一幅、那里一幅，或原作、或仿品，都给这座城市增添文雅之气。

京杭大运河，是扬州繁华的前提。唐宋时期建都中原要倚重东南漕运,明清建都再北的北京更是如此。"苏湖熟,天下足",东南漕米成为封建中国的经济支柱,南北贯通的大运河则成为中华帝国的主动脉。大运河和运河文化繁盛,作为江北第一重镇,扬州成为其骄子。明冯梦龙《醒世恒言·小水湾天狐诒书》描写说:"那扬州隋时谓之江都,是江淮要冲,南北襟喉之地,往来樯橹如麻。岸上居民稠密,做买做卖的,挨挤不开,真好个繁华去处。"

运河的东关古渡口,就在今天修复的扬州古城东门外。进入门楼,脚下都用玻璃隔着古代墙基,标记着唐、五代、北宋、南宋不等,透示着古老与今天的骄傲。进来就是东关街,一条布满商铺的古街,那些商铺的历史或可一直追溯到唐宋吗?我不知道,反正今天熙熙攘攘,蓬蕴着市井繁华气。在东关街吃汤包、听扬州评话,市意浓浓。一声界木,老艺人杨明坤拉开架势,如数家珍地将扬州"水包皮"的泡澡过程说得天花乱坠,让你听得云里雾里,恨不能立马进入澡堂子褪层皮。

漕运的便利,使扬州又成为盐业都阜。"扬州繁华以盐盛"(清黄钧宰《金壶浪墨》卷一)。清政府的财政收入主要包括三块:田赋、盐税和关税。扬州附近淮河沿岸的两淮盐场是全国最大的盐场,征收的盐课几乎占全国盐课总量的一半,所产之盐行销苏、皖、赣、湘、鄂、豫六省。尤其在康乾盛世时,两淮盐业发展到最高峰。顺治二年(1645),清廷在扬州设立两个盐业官衙进行管理:两淮巡盐察院署、两淮都转盐运使司。设的两个官职,两淮巡盐御史无定品,两淮都转盐运使从三品。《红楼梦》作者曹雪芹祖父曹寅,康熙年间就任江宁织造兼两淮巡盐御史，曾奉旨在扬州天宁寺开设扬州诗局，刊刻《全唐诗》。

扬州盐商因而富可敌国，成了中国社会最为显赫的阶层，过着纸醉金迷的奢靡生活。清李斗《扬州画舫录》有载：婚嫁丧葬，饮食车马，动辄花费数十万金。吃饭时，夫妇并坐堂上，厨子准备数十道菜，由侍者一道道抬到跟前，不吃就摇一下脑袋，马上抬走，再换其他。蓄马数百，每马日费数十金，早上出城，晚上回城，蹄躇交道，观者聚睹。以木作裸体女人，动以机关，酷似真人，客来见之，惊避不及。运金箔至金山塔上，向风抛撒，随人哄抢。好美者，门口侍女以至灶头丫鬟，皆由十几岁清秀女子承应，长大就换。好大者，用铜做成五六尺高尿池，人尿尿须力就之。

盐商许多是徽商。徽商到扬州开辟事业，发了财，娶回扬州太，到家乡建屋宇、建祠堂、建牌坊。据说建牌坊的作用之一是为了震慑住扬州太的心性。扬州女生长于水陆码头，见多识广，性格也较为开放。徽商担心自己在外经商，扬州太在家里不守妇道，于是用牌坊来旌表那些守节义的扬州太给她人做榜样。

今天徽州的古村落许多与盐商和扬州有关。我参观歙县棠樾村牌坊群时，听到乾隆后期扬州盐务巨商鲍志道的故事。鲍志道11岁为生计所迫，离村一个人出外谋生，20岁时搭乘一条商船到了扬州。最初在豆腐店记账、在盐场帮工，后为扬州盐业大贾、歙县人吴尊德当经理，十年而使吴氏盐业骎骎中兴，鲍志道也成为了扬州享有盛名的盐策经营家。乾隆三十八年（1773），鲍志道辞去吴家差事，开始独立经营淮南盐业，依赖过去建立的良好信誉和关系网络，不数年一跃而成扬州盐商巨户，后又被推举为两淮盐务总商，掌握了巨大的财经命脉。此时，鲍志道开始着手经营家乡。他回村办书院、建祠堂、置义田、搭桥梁、疏浚河床、开辟道路、扩建村东的牌坊群。但是，《扬州画舫录》说，鲍志道不同于上述奢靡盐商，他拥资巨万，平素生活却十分简朴，妻妇子女平时自己下厨、打扫房院，门不容车马，家中不演剧，淫巧之客不留于宅。成由俭败由奢，这是鲍志道成功的诀窍。

有了大运河与江南富庶，于是就有了乾隆六次下江南。其实下江南不从乾隆始，康熙也曾六下江南，只不过康熙不像乾隆那样张扬。康熙下江南，可能带有巡视震慑的意思，乾隆下江南，多是游山玩水、享用富贵了。于是，扬州开始逢迎乾隆，将天宁寺改造为他的行宫，又在寺前搭建一座豪华的大戏台，供他观戏赏乐用，这就让扬州和戏曲又扯上关系了。当时扬州是戏都，昆腔外，京腔、秦腔、弋阳腔、

梆子腔、罗罗腔、二簧调等各路戏班来来往往、争奇斗艳，而拥有巨大经济力量的盐官盐商，更是专门为乾隆驾临早早准备好了上等戏班子，李斗《扬州画舫录》卷五曰："两淮盐务例蓄花、雅两部以备大戏。"

我们从御码头登船游瘦西湖前，先参观了旁边的天宁寺。叫寺，其实大殿都空空如也，里面一座佛像也没有。导游疑惑这个奇怪现象时，我告诉她："这里是乾隆的行宫，如果释迦住了，他住哪儿？"但是有一座大殿不空，那就是万佛楼。何止是不空，简直是汗牛充栋，整殿楠木地板上满满的排列着一水儿的楠木书架，上面放满楠木书匣，散发着浓郁的木质清香——里面是一整套原大原色原样复制的文津阁本《四库全书》！

乾隆二十八年（1763）设馆，集中了纪晓岚等一大批专家学者编纂，历时七年编成的四库全书，一共眷写 7 部，一部即放在扬州天宁寺文汇阁，不幸咸丰年间被太平军付之一炬。扬州人不能没有四库全书。于是有许多人站出来，为维系文脉而不知疲倦地八方呼吁、四处奔走，用 12 年时间最终实现了这一惊天壮举。当戴眼镜的馆长把五色本线装书摊开在我面前，充满激情地介绍其产生过程时，嗅着充盈的书香，望着这个瘦削的扬州汉子，我的眼睛湿润了。

游瘦西湖，时逢三月三，水面船只如梭，岸上游人如织。杜甫吟过"三月三日天气新，长安水边多丽人"，扬州水边丽人更是红红绿绿。转过五亭桥畔，一座白塔赫然在目，和北京北海的白塔十分相似。于是听到了一个传说——乾隆游瘦西湖，船到此处，举目四望，说："似极京城北海之琼岛春荫，惜差一白塔耳。"随行盐商听者有心，不惜挥霍万金，连夜堆起一座盐塔，至令次日重过此处的乾隆目瞪口呆。过后，两淮盐政即集资仿北海白塔建造了这座扬州白塔。瘦西湖荡舟，四望红白斗彩、绿荫重重，没有通常都市的现代高楼干扰视线，十分惬意。于是又听到一个建设的故事：扬州凡兴建新厦，皆须隐藏于瘦西湖视线之下。先在新厦基地升起一个红气球至设计高度，然后站在瘦西湖四个观测点观望，若是看见了气球，新厦即须削去一层。

古建新建，总要给瘦西湖添彩就好。

作者系学者、戏剧理论家、中国作协副主席。

大运河走过扬州

邱华栋

2014 年的 6 月 22 日，有一个喜讯，与扬州有关：在多哈举办的第 38 届世界遗产大会上，中国大运河被列入了《世界遗产名录》。于是，从杭州的拱宸桥到扬州城外的邗沟遗址，再到北京的银锭桥，大运河畔沿岸的各省儿女都很高兴，奔走相告

说起京杭大运河，人人都知道，这是一条世界上最长的人工挖掘的河流，它南起杭州，北到北京通州，全长一千七百多公里，连接了六个省市，还连通了长江、黄河、淮河等五大水系，纵贯南北。据记载，最早开凿这一运河的时段，是从春秋时代的吴越时期，当时就开始了谋划和阶段性施工。《左传》上说，在公元前 486 年，吴王夫差在扬州开凿的邗沟，从此成为大运河的起始河段。到了隋炀帝时期，他下令大规模全线施工，加快了大运河的营建。他是以扬州为中心，在邗沟的基础上，分别向南和北两个方向进行挖掘和连接。于是，大大小小的河流和水系都被贯通了。《隋炀帝艳史》中，他几下江南，留下来很多传说。书中能找到不少扬州城带给他这个皇帝的感受。最终，

大运河在隋炀帝时代完成贯通，从而成为一条中国古代贯穿最繁华经济地带的大运河。

此后，大运河进入到繁荣的唐宋时代。在唐代，从日本来到中国的几百名求法僧人，都是在扬州登陆的，而波斯、大食等来中国贸易的阿拉伯商人，他们或者从陆路丝绸之路一路东行，来到长安，接着南下江南；或者从海上丝绸之路前来，在泉州登岸，然后到达扬州，这些来自日本和古代阿拉伯世界的人当时在扬州随处可见。两宋时期，大运河继续发挥着重要作用。为了使扬州城繁华永驻，北宋皇帝下令，将扬州城的营建靠近大运河，这样就使得扬州与长江之间有了更近的距离。在南宋建炎二年，也就是公元 1128 年，南宋皇帝虽然偏安一隅，也不忘在大运河边的蜀冈下，修建了带着北方记忆的"宋大城"。元朝之所以打败南宋，大运河的运兵南下与后勤保障粮草先行的方便，也起了一定的作用。

在元代，为了便于兵船航行，忽必烈下令在大运河的一些河段截弯取直，使得元代的大船，满载士兵从元大都一路南下，直达杭州，也满载丝绸瓷器茶叶宝物，一路北上直达大都，被马车牛车再运往上都。元末时期的农民起义，使大运河遭受了很多破坏，逐渐断航。

在明清两朝，京杭大运河经过疏通，重新焕发了生机，进入到鼎盛时期，经济功能发挥到了极点，沿着大运河形成了"大运河经济带"，无论经济还是文化，都是空前活跃的，扬州城的改造又一次发生了变化：当政者修筑新城，使得城址再次南迁，扬州变成了靠近长江、沟通大运河的大都市。

　　清代"康乾盛世"时期，南来北往的盐运和漕运船只，不仅活跃了经济，更是给《红楼梦》的诞生，营造了一个非常好的物质基础——曹雪芹的祖父、叔叔作为江南织造和苏州织造，带给幼年曹雪芹的是不可磨灭的记忆。

　　进入 20 世纪之后，因为汽车的陆路交通的兴起和航空业的进步，大运河的经济功能逐渐衰减，如今成为了一条文化记忆之河、观景游览之河、南水北调之河、生命之源之河。扬州则是中国唯一的与古运河同龄的"运河城"。如今，建城达两千五百年的扬州，从历史上看，和大运河的关系是如此的密切。

　　这次来到扬州，坐在船上，从长江入口处开始，一路向着运河进发，我看到，这里的运河是那么的宽阔。沿岸有瓜洲古渡，还有全国四大名刹之一的高旻寺。高旻寺的香火这些年越发兴盛。据说，鉴真东渡日本，就是从扬州出发的。如今，鉴真东渡的码头宝塔湾遗址还在。我们的快船在运河上飞奔，小雨淅沥，但见新老运河的分水岭茱萸湾一带水面分岔，江水滔滔，一派烟波浩渺。如果沿着一条河道向北，可以到达古代驿站高邮，那里的高邮湖出产有名的双黄蛋，还可以到达莲藕之乡宝应，那里有最好的莲藕和水杉林。

可以说，没有邗沟和京杭大运河，就没有扬州城。在今天，纪念扬州建城两千五百年之际，我觉得，可以好好地为这一条运河的历史写传，为这条运河来赞颂。京杭大运河的兴衰，也是扬州古城的兴衰史。古代的大运河哺育了扬州古城，是扬州的记忆之根、文化之根和生命之根。

大运河走过了扬州，在这里留下了脚印。作为"运河城"的扬州，在今天，继续着新的发展，创造着新的历史。我感到扬州的变化也是那么的簇新，扬州新城现代、超拔，文化中心、雕版印刷博物馆等建筑的营建，都是对大运河文化资源的强调。扬州古城小桥流水，瘦西湖精美绝伦，扬州城大街小巷都有着一种穿越了时空而来的韵味。特别是在宋夹城建成的"中央绿地中心"，是市民能够在城区自由运动和休闲的场所，绿地、绿树被一条护城河环绕，鸟飞，虫走，人跑步，一派朝气蓬勃的景象。这有点类似纽约的中央公园，在市中心为市民提供了绝佳的活动空间。这为未来的扬州城的发展，提供了一条备注。

作者系中国作协书记处书记。

绿杨城郭是扬州

李　舫

从这场酒席中散去，微醺的中散大夫嵇康匆匆赶去另一场酒会。

清俊的嵇康在竹林间舒展广袖，狂舞长啸。他想象自己是一只孤绝而清瘦的飞鸟，在寂寥的高空中不知疲倦地翱翔，俯瞰浩瀚的林海，俯瞰浩瀚的南中国。

夜的精魂与他不停地缠绵，不倦地周旋。时而飞，时而停，时而高蹈轻扬，时而缱绻低回，他携琴自问，是否还记得曾经嬉戏的洛西、曾经夜宿的月华亭？是否还记得绵密无寝长夜漫漫、起坐抚弦遂成新曲？雅乐新成，纷披灿烂，戈矛纵横，惊天动地，嵇康谓之曰《广陵散》。

时光，如水波般流动，端的是似水流光啊！

这是中国文化最浪漫深情的一刻，也是中国历史最波诡云谲的一页。嵇康像一只孑然独立的大鸟，与乌云一道在电闪雷鸣中穿梭。他骨骼清奇，飘飘欲仙；他悲愤不已，慨然不屈；他昂首嘶鸣，浩气当空——雷电为他的翅膀镶嵌了一道璀璨的金边，他踏着阵阵松涛，宛如深山中狂飙的雄鹰。

《晋书》记载，嵇康所作《广陵散》，又名《广陵止息》，亦即古时的《聂政刺韩傀曲》，他以善弹此曲著称，听者如闻天籁。公元263年，嵇康为司马昭所害。刑场上，三千太学生向朝廷请愿，请求赦免嵇康，并要拜嵇康为师，司马昭不允。临行前，嵇康俱不伤感，从容不迫索琴弹奏此曲，弹罢慨然叹惋："袁孝尼尝请学此散，吾新固不与，《广陵散》于今绝矣！"

叹罢，从容地引首就戮。嵇康时年仅三十九岁。

每读到此处，便无端地想起文天祥那首痛彻心扉的七律：

生前已见夜叉面，死去只因菩萨心。

万里风沙知已尽，谁人会得广陵音。

琴，"秦灭六国，至汉不兴。"何以《广陵散》不名《聂政操》？

韩皋曾经给出一个颇为可信的理由："扬州者，广陵故地，魏氏之季，毋丘俭辈皆都督扬州，为司马懿父子所杀。叔夜（嵇康）悲愤之怀，写之于琴，以名其曲、言魏之忠臣散殄于广陵也。盖避当时之祸，乃托于鬼神耳。"时运不济，遂以广陵言志。

谁能想到，今日温婉可亲的扬州，竟然是昔日嵇康桀骜不驯抚琴言志的广陵故地？

虞渊未薄乎日暮，广陵不绝于人间。

这是五月的扬州，烟花三月的雾雨还未飘远，清朗的空气便开始讲述与昨天的记忆迥然不同的故事。林钟宫音，其意深远，音取宏厚，指取古劲，广陵余音绕梁，至今犹在耳畔，一支新曲俨然歌成。

江水北去，淮河南来。

五月，这是一年里最欢腾、最茁壮的日子。大地上冰封的一切早已苏醒，暗夜里沉寂的一切正在绽放。被雾雨笼罩的扬州——抑或广陵，繁花似锦，万马奔腾，举目皆是浓墨重彩的山水画卷。

五月的一天，扬州的朋友带我们来到这个神奇的地方。站在江都水利枢纽的高台上，荡胸顿生层云。南水北调工程的源头，气势磅礴，雄伟壮观。水波一泻千里，仿若嵇康的广陵绝响。

扬州盐商富甲天下，留下了美轮美奂的园林、阿娜多姿的景致、穷奢极欲的宅邸。清代戏曲家李斗在其笔记《扬州画舫录》里曾写道："杭州以湖山胜，苏州以市肆胜，扬州以园亭胜，三者鼎峙，不分轩轾。"而今，这些园林、亭台、宅邸，已成为扬州璀璨多姿的文化景观。当年的广陵，走过无数风雷激荡的岁月，在万千气象、日新月异的今天，正在由古老的遗存，羽化新生。

古城里，举步皆是脊角高翘的屋顶、风韵痴绝的门楼，直露中有

迂回，舒缓处有起伏；古巷曲折蜿蜒，巷子里的茶楼和酒肆藏而不露，每每寻到，便是无边的惊喜，让人回味无穷。瘦西湖上，五亭桥造型秀美，富丽堂皇，如同湖的一束玉带。传说这是清扬州两淮盐运使为了迎接乾隆南巡，特雇请能工巧匠设计建造的。桥上雕栏玉砌，彩绘藻井；桥下四翼分列，十五个券洞彼此相通。每当皓月当空，各洞衔月，金色荡漾，众月争辉，倒挂湖中，不可捉摸。"青山隐隐水迢迢，秋尽江南草未凋。二十四桥明月夜，玉人何处教吹箫。"杜牧的诗句恍若与月色一道铺满银色的水面。

风无边、水无界。

公元前486年，吴王夫差开邗沟，筑邗城，沟通江淮，成就了后世"烟花三月下扬州"。水，催生了扬州的数度繁华，也孕育了扬州的悠久文明。

这是五月的扬州。我们站在江都水利枢纽的高台上，万福桥如雨

后长虹横跨运河，听脚下河水澎湃汹涌，豪气顿生胸间。登上这一制高点，南面"两江"（长江和夹江）、北面"两湖"（邵伯湖和高邮湖）、中间"两河"（淮河和大运河）、南北两边的"两园"（廖家沟城市中央公园和"七河八岛"），一个江淮生态大走廊将一览无余、尽收眼底；还可以眺望到"两个老城"（江都老城和扬州古城），以及一纵一横的"两个高铁"（连淮扬镇高铁和宁启铁路）、"两个新城"（广陵新城和生态科技新城），古今辉映，相得益彰。

江淮大地，西高而东低，长江、黄河两条巨龙横穿入海，哺育着这块土地和这块土地上的人民。南临长江、北接淮水，京杭大运河自扬州穿城而过，湖泊、湿地水网密布。作为江淮交汇的重要节点，扬州沿江通淮，中贯运河，横跨长江、淮河两大流域，淮河的水百分之七十从扬州入江，之后一路狂奔，东流到海。

以京杭大运河为主干线的江淮生态大走廊，串联起高邮、邗江、广陵、江都、宝应以及四十二个乡镇，纵贯一百多公里，串连江、河、湖，规划覆盖一千八百平方公里。因"州界多水，水扬波"而得名的扬州，自古以来依水而建、缘水而兴、因水而美，扬州的基因里处处有着水波的荡漾。

然而，与此同时，因水而兴的扬州也曾为水而"劳心伤神"，"成长的烦恼"也在倒逼着水乡在反思：人口、产业迅速向城市聚集，排污量也随之大幅度增加，城市建设不断填埋、挤压原有的湖泊、河道。今天的我们，该以怎样的决心化解危机？

治城先治水，这个理念很快在扬州达成共识。

这是五月的扬州，"治城先治水"的理念已由蓝图变为现实。这是古老的扬州，又是现代的扬州，天、地、水、园，磨成了一幅极淡又极浓的水墨画。古城外，扬州城向东，有一片五十多平方公里的平原湿地，名为"七河八岛"，包括京杭大运河在内的七条河流，在这里分割出山河岛、凤羽岛、壁虎岛、凤凰岛等大大小小八个岛屿。"七河八岛"是扬州生态自然环境保护最好的湖泊、湿地之一，水陆交融，资源丰富，万鸟翔集，一座拱桥，一道楼台，一段堤坝，一壁影墙，一群飞鸟，一缕炊烟，皆成景致，变幻莫测，气象万千。

这是五月的扬州，今、昔、新、旧，古运河、京杭大运河、淮河入江水道三条黄金水道与长江在扬州境内交汇。从瓜洲古渡到施桥船闸，再到三江营，江河交汇之处景色绮丽，风光秀美，形成了独一无二的大江风光带。

曾几何时，南水北调东线输水通道和淮河入江通道，经由"七河八岛"，使得这里生态敏感性日益突出，而长期形成的众多船厂、沙石场却给环境带来沉重压力。而今，南水北调的调度中心大屏幕上的数字令人感慨，也让人振奋。

在输水沿线周边地区三百四十平方公里范围划定的核心保护区里，先后实施了万亩沿江风光带、万亩绿色通道、万亩田园风光带等一批源头保护项目，相继建成邵伯湖湿地自然保护区和南水北调源头湿地保护区。

输水骨干河道沿岸建成了十多米宽的绿化隔离带，公共绿地面积达十二万平方米，在东线源头形成了天然的"水质净化厂"。

为退渔还湖，水源地区域的水产养殖面积累计减少二十五万亩，减幅达百分之二十，平均每亩损失两千五百元。

作为南水北调东线工程源头，扬州把保护源头水质作为神圣使命，"清水走廊"将一江清水倾情北送。

扬州在江淮生态大走廊区域内实施了三百个重点减排工程、五十九个流域水污染防治项目，关停小化工小电镀企业一百零二家，退渔还湖三十万亩；启动了约八十平方公里的江淮生态大走廊先导区建设，已完成二十一家船厂、沙石场搬迁，一百万平方米的拆迁和环境整治，在生态大走廊沿线基本建成了九个十平方公里以上的生态中心。

淮河水进入扬州后，与面积七百八十平方公里的高邮湖及其北端的宝应湖、南端的邵伯湖交汇。江淮生态大走廊建设的主要内容，便是针对三个湖泊沿岸三公里范围内实施"三退三还"：退耕、退渔、退养，还林、还湖、还湿地，今后五年每年还湖面积不少于三万亩。

绿水青山，就是金山银山。

本着这样的理念，江淮生态大走廊纵情地向北延伸，与微山湖、骆马湖、洪泽湖、白马湖等淡水湖连成一条纵贯江苏南北的湖泊链，湖泊面积占全国淡水湖的百分之十五左右。既做"减法"，又做"加法"。一手铁腕治污，一手生态修复。一个山清水秀的江淮生态大走廊正在呼之欲出。扬州大幅度减少水产养殖、渔业捕捞的同时，扬州还淘汰一批化工、造船等落后产业，代之以现代农业、旅游业等新型绿色产业，推动形成一个以湖泊和京杭大运河为串联的生态大走廊，面积一千八百平方公里，约占扬州的三分之一。

扬州是南水北调的东线源头，通过走廊的建设，保障和保护南水北调的水质和水安全。未来江淮生态大走廊的范围，将以京杭大运河为主干线，涵盖南水北调东线工程输水线路流经地，包括徐州、宿迁、淮安、泰州多地都将参与其中，并形成联动机制。

江淮生态大走廊串联长江淮河两大水系，是长江、淮河与京杭大运河交汇带，是我国东部地区重要的生态屏障，是淮河入江入海通道重要缓冲区，是南水北调东线工程最重要的水源地和清水走廊。长江水沿京杭大运河逐级提水北送，建设江淮生态大走廊，将扬州重要水道与微山湖、骆马湖、洪泽湖、白马湖等纵贯相连，对于保障沿线水域生态环境、促进南水北调水质稳定达标具有决定性的重大意义。

绿水青山既是自然财富，又是社会财富、经济财富。这一点，在江淮生态大走廊的先行示范区——扬州，得到了很好的印证。

北郭清溪一带流，

红桥风物眼中秋，

绿杨城郭是扬州。

这是五月的扬州。美哉！绿杨城郭，昔者广陵，今日扬州。

作者系《人民日报（海外版）》副总编辑。

扬州散曲

宁小龄

再去扬州，阳历五月，没赶上最好的季节。

这几年，因为公务，年年都在烟花三月去一趟扬州。

在我心里，扬州是一座值得反复流连的城市，非常宜居，房价至今也没有到北上广那般疯狂令人望而却步。一进入扬州，清风、明月、运河、长巷、亭台、楼阁、老宅都透着厚重的历史与当下的舒缓与清爽。这就是江南扬州的慢生活——从北京到镇江，再驱车进入这个城市，不用再像北京上班那样匆忙，那样急不可待，那样人贴人、肉粘肉地挤地铁。扬州能让我自然放慢脚步，从长乐客栈附近下车，等看到熟悉的"水包皮"或"皮包水"的醒目的招牌，闻到临街各种小吃的香味，我的整个身心便骤然放松。

扬州，无论是春夏秋冬，不管是在宽阔的车水马龙的史可法路，或是在某个幽静的月夜的瘦西湖湖畔一隅，或是在迷宫一般灰墙矗立的卢氏老宅的狭长小径上，或是走在古香古色的东关街上，随便在某个不知名的瘦窄的小巷里驻留、张望，都可以领略、端详到扬州的过往与当今。

　　在我眼里，扬州是一座百看不厌的城市，可以去竹子茂密的个园、中西结合的何园、高墙深巷的卢氏老宅、现代作家朱自清的故居，以及高邮城外的泰山庙、建成不久的汪曾祺老先生的文学馆。

　　扬州有丰富的个性，犹如一个真正意义上的人 —— 横看成岭侧成峰，远近高低各不同。它给我们提供了多个观察这座城市的视角：有风骨，也有血性；有温婉，也有柔情；有市井民风，也有精致生活——扬州人可以面对清军铁骑，以死抗争，清军十日封刀，扬州城内血流成河，八十万人丧命，尚不包括落井投河、闭户自焚自缢之人。生于扬州的朱自清，晚年之际，家中无米，他可以在床榻上拒领美国人发放的救济粮。他的骨气，他的倔强，让后人唏嘘不已，但他的笔下却可以描写含蓄蕴藉的父亲的背影，又可以书写心静如水、天地澄明的荷塘月色。扬州人不善挥舞短剑长刀，但他们在淮扬菜上的精致讲究

之一，就是在刀法上的炉火纯青。一块嫩豆腐，扬州人可以做足文章，手起刀落，豆腐先是成片，然后再成丝，浸泡在水里，晶莹剔透。扬州人喜欢水，早上"皮包水"，晚上"水包皮"——这是形容扬州人早晚两个生活场景：早晨，慕名而去的食客到著名的冶春茶社必吃大汤包，会吃者，用吸管插入包子，轻嘬慢吸，里面是一汪浓郁的肉汁；入夜，人们将疲惫的身体送到温暖的水里，浸泡、搓澡、修脚——小小的修脚刀，竟然让扬州人走南闯北，即使在北京，犄角旮旯里的一个修脚小店也大言不惭地祭出"扬州修脚"的旗号。

扬州无疑是一座名副其实的水城，空气中永远氤氲着若有若无的水汽。在此漫步，不经意间，在某个路段或某个街区一侧，就流淌着一条小河，数米宽，没有水声，没有浪花，没有舟楫，平静、干净、清澈——扬州河多，桥也多，是什么河，叫什么桥，记不住。懵懂间，看见一座，驱车眨眼间又看见一座，都是现代造型，凌空飞架，四周却是一片绿树掩映的民居。然而，在这城市的最醒目最值得流连的当然是瘦西湖——瘦，是与体态丰腴的西湖相比，论面积，论名胜，论浩渺，西湖永远是大姐大。但在扬州，瘦西湖的身段是婀娜娇小的，其形其状，如同百姓家造型别致的盆景，宛转、绰约、端庄，她从这个街区走出，又从另一个地方逶迤，在月光下在绿树间涵养着或大或小的一片湖。

水是扬州的血脉，历朝历代，扬州的繁荣都得益于它拥有得天独厚浩浩荡荡的水。两千五百年前，春秋时期，吴王夫差金戈铁马，虽然没能最终征服越国，但他最大功绩是率领民众在邗城之外挖凿了一条引入长江与淮河的河道——邗沟。这是夫差最有气魄的举动，在连年征战中，他苦于交通的原始与闭塞，于是他带领吴国百姓开凿了这条名扬天下的古河道。这条绵延的邗沟，是古运河的前身——人们记载在册，同时也感叹，当年的夫差，怎么也没想到，当年挖出的这条普通的河沟，在日后竟然成为汪洋恣肆、纵贯千里的京杭大运河。

三年前，我有幸游了一段京杭大运河，从杭州附近乘舟，顺河而下，到富阳登陆。那一天下着绵绵春雨，烟雨朦胧，水汽氤氲，河面如练。在重庆长大的我，从小最熟悉的就是离家很近的长江。每日凭窗可以眺望江水的清浊，夏丰腴，冬枯瘦；入夜，灯火与日月同辉，游船与货船竞渡。以往对大海，对长江，对黄河，有清晰的认识与体验，但对大运河却毫无任何感觉。现在游走在大运河上，没料到大运河竟然是如此浩渺、开阔、绵长，其宽阔与壮观，绝不输于它的母亲——长江与淮河。

毫无疑问——过去，扬州是大运河的第一城，是大运河的发祥地；现在，扬州是江淮生态大走廊，是南水北调东线工程的源头。它将众多的河流与湖泊揽于一身，然后一路摇曳、逶迤进入北京。

在我的杯里，我相信，肯定就有千里之外扬州的一滴水。

作者系《人民文学》原副主编。

扬州如梦令

乔 叶

也许，扬州这地方，原本就是容易让人做梦的。

慢时自然是梦。尤其是在这暮春初夏，住的地方又是最中式的长乐客栈。早晨醒来，信步闲逛，但见绿芭蕉，白粉墙，黄藤椅，青垂萝，池塘中两三只黑天鹅缓缓地游着，树荫浓密处，偶有一两声鸟鸣。推开一扇扇雕花木门，走过一方方院落，栖凤堂，风轩，含亭，藤花庵，看山楼，玲珑馆，这些都是院落的名号，雅致得仿佛是让你觉得行在立体的古书里。走着，走着，随意捡个地方就坐下来，什么都不想，只是待着，早晨的阳光洒落在天井，清清亮亮地斜照着，只温不热，闭目享用是最好不过的。遥遥的，有脚步声传到耳中，越来越近，却居然有些不想睁开眼睛，有些担心出现幻觉，怕九转回廊里出现的是一个袅袅婷婷的女子，却是一派白裙蓝镶发髻高绾的古装，若真是那样一个人，可怎么跟她搭话呢？总不能拿着手机扫她的微信二维码吧？

不慢时也是如梦，行程匆匆如快马赏繁花。且不说万福大桥的激滟水波和七河八岛的极目远眺，也不说南水北调东线源头的浩大水利枢纽工程，单说城内鼎鼎大名的个园和何园，算是时间份额占得最大的，也都不过是个把钟头就溜了一遍，只记得个园的竹子青翠欲滴，是名不虚传的好。何园呢，懵懵懂懂走完了，只在出口处听见解说员小姐说个园的景致设计里囊括了春夏秋冬四季，走一圈就等于走了一年，所以这园子是不能经常逛的，人哪里经得起以这种速度变老嘛。

对了，还匆匆去了一趟趣园。去趣园不是为了园子，是为了吃早茶。那天本想睡个懒觉的，已经向主事的保姐姐请好了假，却被另一个同行的调皮丫头给扰了心思，她只在微信里发了一句"巨好吃哦"，我吃货本性便雀跃而出，按捺不住地和床分了手。果然是好。和广州的早茶相比，这里的早茶没有那么奢靡，却是恰如其分的丰盛。让我意外的是面食是主角：翠莹莹的荠菜烧卖，柔韧韧的五丁包，还有"皮包水"之称的汤包，收尾是一碗汤宽葱嫩的阳春面，完美。

出了趣园，几步踱出去，另是一个园子，这园子便是扬州最大的最闻名遐迩的瘦西湖。红漆画舫静静地泊在一角，游人的笑声穿花拂柳而来。时间不够，我们只在"四桥烟雨楼"前拍了几张照片。别无他想，似乎这样就满足了。不满足又怎样呢？这广大的世界，美丽之地是那么多，终究也不能走到所有细节深处，能节制的，便只有自己的倾慕之心。正如遇到的良人是那么多，终究也不能走到所有的可意深处，能节制的，便只有自己的贪情之欲啊。

——这道理，用在扬州的美食上也是合适的。扬州的美食也是容易让人做梦。实在是太多，嘴巴吃不过来，只能用眼睛吃。眼大肚小，就是这个意思了。曾在汪曾祺的锦绣文章《端午的鸭蛋》里，吃到过高邮的鸭蛋，汪先生如是道："……鸭蛋有什么可挑的呢？有！一要挑淡青壳的。鸭蛋壳有白的和淡青的两种；二要挑形状好看的。别说鸭蛋都是一样的，细看却不同。有的样子蠢，有的秀气。挑好了，装在络子里，挂在大襟的纽扣上。这有什么好看呢？然而它是孩子心爱的饰物。鸭蛋络子挂了多半天，什么时候孩子一高兴，就把络子里的鸭蛋掏出来，吃了。端午的鸭蛋，新腌不久，只有一点淡淡的咸味，白嘴吃也可以……蛋黄蛋白吃光了，用清水把鸭蛋壳里面洗净，晚上捉了萤火虫来，装在蛋壳里，空头的地方糊一层薄罗。萤火虫在鸭蛋壳里一闪一闪地亮，好看极了！"

所以，在扬州做客，餐桌上怎么会没有鸭蛋呢？且是蛋壳切开，细而油多。同理，怎么会没有鲜美软嫩的烫干丝呢？怎么会没有经典的煮花生和煮毛豆呢？让我格外惊艳的，是在邵伯镇吃到了如火如荼的小龙虾。从来没有见过这么多做法的小龙虾：红烧，清水，椒盐，蒜泥，蛋黄，腊味，清蒸，酸菜，酱骨，腐乳，干煸，咖喱，金汤，怪味……我们十个人，吃了四大盆：蒜泥，红烧，清水，蛋黄。蒜泥最好吃。璀璨的四大盆，一只都没有剩下。如嗑瓜子一样，我唇齿不停地嗜着小龙虾，吃着吃着就会恍惚如梦。多少前人吃过的，我们正在吃。多少后人将吃的，我们正在吃。数起来也不过是一两顿饭而已，用的也不过是两三个时辰而已，可是有了这种承前启后的感觉，就仿佛吃了几百上千年。

还有一些地名，亦令我感觉如梦。瓜洲是一个。在路牌上看到瓜洲二字，便惴惴地问保姐姐：是那个古渡瓜洲么？答曰：是。心就跳得快了一些，俨然他乡遇旧友——在郑州，几乎每天，上班途中我都会路过一间书画店，临街的橱窗里挂着一幅字，写着两句章草，便是："楼船夜雪瓜洲渡，铁马秋风大散关。"每天路过，就每天看一眼，有时候还会多站一会儿，多看几眼。这首诗上学的时候背得烂熟却不明其意，恰如此句的前句"早岁那知世事艰"，年岁渐长才慢慢知晓滋味，原来是"中原北望气如山"。直到如今，竟如刻进了心里一般。我由中原至，此处有瓜洲。不知道陆游当初写这首诗时，心情又是如何。在遥远的当年，金主完颜亮南侵，宋军曾在瓜洲一带拒守，若干年后，陆游事从川陕将领王炎，曾奉命在大散关一带抗金前线巡行考察，眼看山河破碎，明知金戈铁马，却徒怀凌云壮志和如海悲情，终归嗟叹"塞上长城空自许，镜中衰鬓已先斑"。他孤单的身影在历史深处，应该也是如梦一般吧。

广陵也是一个。看到广陵路的路牌，便想起广陵散，"广陵"原是扬州的古称，顾名思义便可推得天下皆知的《广陵散》琴曲自然应和古扬州牵扯着千丝万缕的枝蔓。由曲及人，怎么能不想到嵇康呢？我的豫北老家有名胜曰云台山，史载竹林七贤曾在此游历隐居二十多年，旧迹中至今尚存"嵇康淬剑池"，有着巨石一方，长六七米，宽三四米，高则十数米，周围山岩峻峭，树木苍翠。每次到那里我都会想象，月明星稀时，夜静春山空，嵇康一定曾经在此弹起过《广陵散》吧，彼时彼地，有谁曾听过？那又该是如何一幅如梦的情境？

——明明是扬州风物，却总是关我乡情。这不是做梦，又是什么呢？不过，想来有太多人和我一样吧，无论走到哪里，根系之思总是难解。恰如徐凝《忆扬州》的名句："天下三分明月夜，二分无赖是扬州。"还有起予《江都竹枝词》中的深情："二十四桥箫管歇，犹留明月满扬州。"

或者，又恰如汪曾祺。高邮湖上，黑色的帆凝重地悬挂于样式老旧的大船，船缓缓地行着，看着几乎是不动的 —— 也许根本就是不动的 —— 没有什么乘风破浪的气势，却是让我觉得分外妥帖和安稳。这当然是因为汪曾祺。在我这种以文字为生的人心目中，汪曾祺绝不仅是高邮的汪曾祺，高邮却是汪曾祺的高邮。他的那些绝妙的散文和小说，弥漫最浓的味道就是故乡高邮。《受戒》《大淖记事》《故里杂记》《故乡人》《晚饭花》《皮凤三楦房子》……高邮两个字也许不在面儿上，却在气息里，在骨子里。哪怕你读不到，也能闻得到。哪怕你看不到，也能摸得到。许是他老人家的地盘里让我宾至如归，我松弛得

居然在游船上还做了一个梦，很长很长的梦，醒来却什么都记不得了。

或许梦见了汪先生，或许没有。

也是有些纳罕，不知道为什么，我尤其喜欢他《故乡的鸟呵》中的最后一段："四月二日。月光清极。夜气大凉。似乎该再写一段作为收尾，但又似无须了。便这样吧，日后再说。逝者如斯。"

——关于扬州，那我就也"便这样吧"。既然逝者如斯，日后说不说皆可。

作者系河南省作协副主席、鲁迅文学奖获得者。

稼禾尽观

田　瑛

　　著名的文游台，位于扬州高邮城区东北隅。北宋年间，苏东坡路经高邮，与本地先哲孙觉、秦少游、王定国等四贤雅集于此，饮酒赋诗，留下佳话，成为后世文人拜谒之地。时光穿越了千年，文游台阁楼东头的横梁上挂上了一块新匾，书者便是享誉当今文坛的汪曾祺先生。此前，挂匾处一直空着，换一句话说，文游台一直等待着，等待着与之相称的人出现。汪老的到来并非偶然，也并非横空出世，他迟早要登临属于他的位置。这一天对于文游台期待已久，整个高邮，没有几个人知道将有一件不同寻常的事情发生。按照约定，汪老准时抵达，他站在阁楼下，举目凝视"文游台"三个字，神态深沉而庄严。他知道三个字的分量，每个字都重若千斤压迫着他。这个被文人视为圣殿的地方，从此将要和他的名字联系起来，他明白这意味着什么。在拾级而上的过程中，他尽量放缓脚步，给自己留下足够思考的时间，因为到底写什么，他心里实在是没有底。直到走上阁楼，绕场一周，把四周景物仔细看过，要写的词依然未能够想好。最后，他凭栏东眺，望见了浩瀚的高邮湖和湖岸满目的庄稼，脸上掠过一丝不易察觉的欣喜，这欣喜后来化作了四个字落在纸上，那就是：稼禾尽观。

在场的人一时都有些不解，为何不写"沧海尽观"或"天下尽观"呢？

不落俗套，这便是汪老高人一筹之处。"稼禾尽观"，怕是常人很难理解个中精妙的。他采取的是最能贴近土地的姿态，虔诚地表达了对劳作的敬畏。在他视野中出现的并非普通的稼禾，而具有图腾般的意义。这浓缩了天地精华的四个字，也浓缩了他一生的写作。即使让他居高临下可以尽观天下，但目光所及处依然只是和他生命息息相关的事物，"稼禾尽观"，便自在情理中了。

高邮，因秦时通邮而得名。地处苏北，大运河川流而过，古往今来，一直是繁华的商埠。据说水下还有一座古城，叫樊良镇，因水位逐年升高所致。旧的房屋、街道沉入水底，水面渐渐扩大，形成了一片湖泊。湖水宽阔，站在岸边任何一个角度都望不到尽头。这座湖养育了人类和诸多物种，一切众生都依赖它而生存，靠水吃水，除了人，连水里的鱼虾、蟹类以及水面的飞禽也莫不如此。芦苇几乎是水中唯一的植物，在长势旺盛的季节，茂密而苍翠，宛如水上森林，无比壮观。芦苇的用途是不必细述的，它和所有的水上物产共同构成了高邮湖的丰饶，即便在贫困饥馑年代，也能够让湖区人民维持起码的生计。

汪曾祺就出生在湖边的高邮，与水相伴贯穿了他的童年。一生中印象最深刻的是水，水已经渗透到他的血液与骨髓中，成为了他生命的一部分。不管走到哪里，也不论时光有多久远，他总是保留着对水的记忆，清晰地记得不同季节不同气候下湖水的变化，记得波浪的形状和水温的凉热，记得跟水有关的一切生活场景：跟随父辈驾起小船捕捞，每当收获一条大鱼必然欣喜若狂；或邀三五同伴潜入芦苇荡捉迷藏。这一游戏的输赢不完全取决于水性高低，而在于如何巧妙隐蔽，如果仅凭水性和体质，他玩不过其他人，但他往往能够以智取胜；又或是，他们常常沿着湖堤赤足奔跑，奔跑中又突然收住脚步停下来，因为发现不远处活动的野鸭、白鹭、白鹳、丹顶鹤等水鸟的身影。于是便开始数数，结果每个人数得都不一样，这就难免争执，争执不下干脆再度起跑，惊得那些鸟四散飞逃。他们也在飞，相比之下，这群陆地上的小鸟速度绝不亚于湖上的水鸟。

我们有理由相信，在水的记忆中，不尽然全是快乐。他过水吗？与同伴戏水时受到过欺负吗？大水漫过堤岸危及小镇时恐惧过吗？如果有，都足以给他的童年经历留下阴影。但这对于他的人生依然是弥

足珍贵的，是他童年之书不可或缺的一页。水影响或者说塑造了他的性格，也是他写作取之不尽的源泉，这可以从他后来所有的作品中找到印证。他几乎一生都放不下水，因而执着写水，《我的家乡》一文便是最好的说明：我的家乡是个水乡，我是在水边长大的，耳目之所接，无非是水。河堤和墙垛子一般高，站在河堤上，可以俯瞰堤下街道房屋……为什么我的小说里总有水？即使没有水也有水的感受，这是很自然的，水影响了我的性格，也影响了我的作品风格。我们不能一一列数他的作品，但只要打开其中任何一篇，就会呈现一片水的世界。由此我想起和他相处的一个细节，虽然微不足道，却是他一贯钟情于水的真实写照。一九九三年的海南"先锋作家笔会"上，潘军画了一幅画，画面为两头水牛洗澡消暑的情景。汪老见状来了兴致，便在碧蓝的晴空中泼洒了几点墨，并题款道：潘军画牛，曾祺补雨。看，这时候他想到的还是雨，是水，真乃个呼风唤雨人。

　　说到这里，我们无论如何绕不开另一个擅长写水的人：沈从文。

在沈老的诸多名篇中，水几乎无处不在。湘西老家境内的几条水系是随意由他调度的，描写起来可谓得心应手，如鱼得水。沈从文和汪曾祺本来不属于同一代人，又天各一方，但冥冥之中，命运已经给他们做好了安排，二人必然会走到一起，成为师徒，这是他们个人之幸，也是中国文学之幸。一九三九年，正值国家危难之际，汪曾祺鬼使神差般以第一志愿考入西南联大文学系，然后费尽周折，从上海经香港、越南到达昆明。当时在校任教的沈从文，一见到这个学生就喜欢上了，两人不仅性格相似，而且从学生的习作中，可以看出对老师作品风格的效仿。以后的事实证明，尽管沈老的文风影响过几代作家，但汪曾祺才能算得上真正的传承者。后世事无常，各自命运也无常，但他们之间，亲如父子般的关系一如既往，从来不曾有变。

汪曾祺少年时离开故乡，从此很少回去过。晚年造访文游台并留下题匾，既是了却对家乡的一桩心愿，也是给自己的文学生涯画上一

个圆满的句号。高邮人民为了纪念他，便在文游台景区修建了"汪曾祺文学馆"，并且把他在北京的书房也搬到了这里。一幢青砖小瓦的仿古建筑，一个宁静的小院，正是他想要的归宿地。推开大门，迎面就是他的塑像，每天，他就这样笑迎四方来客。不远处的文游台阁楼上，"稼禾尽观"匾额高悬，名在高处，人在低处，也正如他一生的缩影。

稼禾尽观，是他对故土的永久守望。

作者系《花城》名誉主编。

扬州慢，最赋深情

叶　弥

　　"扬州慢"，词牌名也。宋代大词人姜夔的自度曲。十几年前我买过一套人民文学出版社编的《宋词名家诵读》，其中就有一本江湖清客姜夔的词，其中就有一首《扬州慢》，放于书中第一页第一首。

　　今年五月底去了扬州几天，恰在差不多的时候，我的家乡苏州传出消息，说有一柄吴王夫差剑重返苏州展出。据说，这剑表面有一层蓝色薄锈，时隔两千四百年，仍然寒光逼人，刀锋极利，它穿过两千四百年的时光，抖擞精神，只轻轻一拖，便划破十二层宣纸。

　　吴王夫差，吴国末代国君，胜越国，终被越国所灭。其人是兴国之君，也是亡国之君。他统治下的吴国，创造了春秋时代冷兵器的辉煌。

　　他到了邗地，开始兴建水利。关于此事，《左传》中记有八个字：秋，吴城邗，沟通江淮。

　　就是说，公元前 486 年，距今两千五百年前，吴王夫差筑邗城，开邗沟。邗城成为吴国新的都城。邗沟的开通，沟连了长江、淮河两大流域。历史就是这么吊诡，夫差筑邗城，挖邗沟，为的是北伐齐鲁、

争霸中原，却不料五十五岁就灭国自刎。邗随即成为楚王领地。两千五百年，城头变幻大王旗，不变的是水长流，地永在。

邗，即扬州也。

淮左名都，竹西佳处，解鞍少驻初程。

我第一次去扬州是三十几年前了，当然我也不知道扬州城东有个竹西亭。我感兴趣的是林黛玉究竟是苏州人还是扬州人。我四年级时，母亲从别的老师手中搞来一套《石头记》，即《红楼梦》。我母亲年轻时十分崇拜萧楚女，我想她还是更喜欢萧楚女这类革命家积极的人生态度，这本消极的弥漫着奢靡之风的书，她看都没看就扔到一旁。倒是我，从看这本书的精致插图开始，渐渐看它里面内容。虽说不喜欢，但那时候无书可看，没得选择。

这书上第一回就与苏州有关：甄士隐梦幻识通灵。甄士隐住在姑苏城里阊门外十里街仁清巷葫芦庙边，这也够绕的，绕来绕去，《红楼梦》由甄士隐绕出了各色人等，绕出了女主角林黛玉。

林黛玉，祖籍苏州，出生在扬州。我们那时，不关心别的，只关心林黛玉究竟是苏州人还是扬州人。林黛玉个性倔强，不知圆通，有一股子豪气的。你看她骂人的腔调，开玩笑的架势，临终前对爱情的决绝，不是一个弱女子所为。今人一提林黛玉，只有她的眼泪和病状，那是世人喜见弱者的缘故。林黛玉的强悍，生前身后都影响着贾府，这种影响直至宝玉出家，宝钗守寡才结束。她不太像苏州女人。所以我决定要在扬州街上多看看扬州美女的神态举止。

当时跑到扬州一看，美女不少，却都慈眉善目，将来的发展归宿应该是王夫人，绝对到不了林黛玉。扬州与苏州都是多水的地方，虽然语系不同，说起话来却都是神态安静绝对祥和，性情恬淡不算活泼。两个地方的人，世代崇文，个性已经弱化，再也没有春秋时代的豪气，所以林黛玉算扬州人还是苏州人，不是一个特别的问题。她不属于苏州，也不属于扬州，她只属于曹雪芹。

对于扬州，除了林黛玉，我只知道秦观、汪曾祺，还有"扬州十日"，"三江入大河"。再后来，知道江都水利枢纽，知道这里出了一个党和国家的领袖。我写作以后，结识了几个扬州作家，他们都是优秀的人。

三十年后，再来扬州。

过春风十里，尽荠麦青青。

苏州到扬州，林黛玉那会儿坐的是船，路途遥远，所以贾宝玉等得心焦。我妈妈那一辈，要去扬州，坐的大抵也是船。现在，从苏州到扬州，没有高铁，只有汽车。我认为这很不通情理。现在不是都搞"一体化"吗？有林黛玉做由头，搞个"苏扬一体化"也是有意思的。

这次来，看仔细了，街上的风景不似苏州那么整齐规范，但我怎么更喜欢这里的样子呢？你看，街道上的行道树，樟树、玉兰、桃树、大松树交错生长。街道边上的小河没有填掉，兀自流淌着清水。水边和岸上，长着满满的杂树，到春风十里，那一定会遍地杂花生树了。这样的市中心，热闹地段，竟然还保持着天然之美，虽无荞麦青青，却似闻到了荞麦之味。湖边野草遍地，白鹭伫立，蝴蝶飞，虫子鸣……适合无病呻吟、愁上心头、谈情说爱，扬州"慢"了，慢了才有这样的美，这样的心情。

当然还有扬州人的生活方式，几天看下来，我发现扬州人无比喜欢"慢"生活，他们与时代的"快"保持着一定的距离，保持着警惕的态度。对于这个城市的 GDP，他们并没有太多的焦虑。在我这个苏州人面前，他们首先会很客观、很客气地表扬苏州的 GDP，然后很客观、很骄傲地介绍他们的名胜古迹和吃喝种种。也许是吃苏州菜太多了，我一下子喜欢上了扬州菜。扬州菜是上谱的，又称维扬菜，属于淮扬菜系，为全国四大菜系之一。苏州菜讲究精细，讲究外观，就是说讲究"面子"。扬州菜讲究原料和味道，就是说讲究"里子"。所以扬州人是讲实惠的，不紧不慢地过着自己的舒适生活。

扬州人，你们的生活已经这么好了，节奏快的生活，现代化程度高的生活，慢些到来也罢。因为我担心，哪一天你们的生活节奏变得很快，你们将如何评价自己？

我很主观地认定，要是让林黛玉在苏州和扬州这两个城市里选择居住地，我认为她八成会选扬州，因为扬州还保留着旧时气息，这气息是天然的，天真的。

杜郎俊赏，算而今、重到须惊。

这句话也出自姜夔的《扬州慢》。杜郎，唐代大诗人杜牧，他在扬州诗酒轻狂，留下诸多诗词歌赋。

作者系中国作协会员，江苏省作协理事，苏州市作协副主席，鲁迅文学奖获得者。

水做的扬州

张 楚

　　一个男人年逾不惑仍未去过扬州，不得不说是一种遗憾。而初夏，我也正是怀着这种遗憾从南宁马不停蹄赶到了扬州，小住了几日。扬州对于一个北方人来讲意味着什么？那绝对是匿藏在古典诗词里的幻境——那是孩提时吟哦"故人西辞黄鹤楼，烟花三月下扬州"的扬州；那是少年时背诵"春风十里扬州路，卷上珠帘总不如"的扬州；那是青年时朗读"霜落邗沟积水清，寒星无数傍船明"的扬州；当然，那也是中年时默念"谁信寻春此狂客，一茶一偈到扬州"的扬州。在我多年对它的虚构与冥想中，扬州有着不同的模糊面容，它既是清癯的、寡言的、羞赧的，也是端庄的、刚健的、飞扬的。也许在每个人的眼中，扬州都有着不同的眉目神态。而初次抵达扬州的我，说实话，则先是被它纵横交错的河流给彻底迷住了。

　　不得不说说我的故乡。那里只有一条天然的河流，它有个与地理位置相关的普通名字，北河。20世纪八十年代初期，那条河横贯了县城的东西，水面波澜壮阔，野鸭成群，翠鸟在芦苇间飞来飞去，我们一帮孩子经常在春天去捡翠鸟蛋或者逮春蛇。北河一眼看不到头，潮湿的水汽、岸边的芦苇和白色水鸟，将河流与天空的边界都混淆了。那可真是少年的天堂，钓鱼、谈恋爱、打猎，都在秘密的水和水生植物中悄悄地发生。到了 20 世纪九十年代，北河边上修了条公路，开始修建宾馆、娱乐场和店铺，曾经隐秘潮湿的河流变得狭仄起来，后来又建水泥厂轧钢厂纸箱厂，废水废渣全排泄到北河里。千禧年过后，北河变成了一条浑浊的、肤色黯淡的河流，弯曲憋闷，野鸭和水鸟全然不见，尤其到了冬天，雾霾下的河流如一潭死水，树木也枯涩，走在岸边不能不说心有凄凉。后经治理，水质清澈明亮些许，不过房产商开始在两岸大兴土木，并修建了一条横跨南北的大桥。2015 年夏天，北河水面忽下降三尺，河岸线后退二十余米，携外地友人游船，竟在河心搁浅，船夫跳下去，水只淹到脚踝处。那个夏天我惴惴不安，夜不能寐，唯恐北河凭空消失。后来政府引入滦河水，方才解救了一条即将消失的河流。这件事对我触动颇大，连续写了三篇关于河流的小说。我想，如果一条河流的灵魂是丰润的辽阔的不灭的，那么，它的肉身是否能够消逝得缓慢一些？

而那天，从扬州廖家沟水电站的四楼俯瞰，我是真的惊呆了。以前只知道扬州有瘦西湖，但不晓得它俨然是千湖之城。对于扬州的种种，我大抵知晓一些：它位于长江和江淮交汇处，是南水北调东线源头城市，古运河、京杭大运河、淮河入江水道与长江在扬州境内交汇。据说从瓜洲古渡到施桥船闸，再到三江营，江河交汇之处可谓处处美景。那天我无缘一饱眼福，看尽扬州河流的种种风流，可俯瞰下的廖家沟，足以让我惊叹。雄伟壮观的万福大桥，身下流淌着壁虎、新河、凤凰三河。廖家沟南流，转向东，与芒稻河汇合，入夹江，东南流，至三江营入长江。那日有薄雾，苍绿的河水仿若一块宁静庞大的翡翠，而河水中的座座小岛，被树木鲜花覆盖着的小岛，颜色更浓烈更鲜亮，俨然便是翡翠身上的裂璺。同行的朋友介绍说，古有山东鲁国廖姓人家逃荒至此，种田谋生。为排田间积水，廖家人向南挖沟排水，年复一年顺势开沟，久成排涝沟。那时，当地人就称它为"廖家沟"，沿袭至今。长江上游年年洪水下泄，沟面逐渐变宽，这才架桥通行。廖家沟虽是扬州城周围最大的河流，可却因为那一家廖姓人家，有了这么一个随和平朴的名字。我想，要是在岛上买处房子，夜里写作，梦中听那河水东流，白天携三五好友树下读书畅饮，该是神仙般的日子吧？尤其是下了雨，檐下观那水波云雾蒙蒙，水鸟低翔，领悟变幻世

事，则更为恰宜。

水总是看不完的，在扬州。车行至哪里，水便流淌到哪里。当我们站在高邮湖边时，烈日下的它竟苍苍茫茫。关于高邮我是不陌生的。汪曾祺先生的故乡便在这里。高邮是苏北典型的水乡，耳目之所及，无不是水。运河以东嘉禾万顷，阡陌纵横，运河以西便是无垠的高邮湖。汪曾祺先生的小说里便流溢着高邮湖的水汽，人也上善若水。十一子被打伤后，"东头的几家大娘大婶杀了下蛋的老母鸡，给巧云送来了。锡匠们凑了钱，买了人参，熬了参汤。挑夫锡匠姑娘媳妇，川流不息地来看望十一子。"而真正上了船，在高邮湖上游览时，我竟然不知道该把眼睛搁置在哪个方向。反正四周都是水，绿色的柔软的水，从船窗探手出去，就能抓到一大把一大把的浪花。和马小淘闲聊半晌，往舱外一看，是浩浩荡荡波澜不惊的水域，没有浮草芦苇，菱角小船，只是浩瀚的水。继续闲聊，旋即再窥窗外，仍是那无边的水，阳光在水上浮游，间或有大鱼蹦蹿出水面，鱼鳞闪烁如银币，复坠水中。说实话，在高邮湖上，我想起了匈牙利的巴拉顿湖，也是如此安静、无边无际，你坐在船中，总有种在大海上游荡的错觉。

我还看到了京杭大运河。以前在书籍中如雷贯耳的河流，终于出现在眼前。它并不宽阔，水流也不急，货舱上拉着煤炭货物，缓缓地、有条不紊地在航道上航行。朋友介绍说，这些所有的河流，这些所有的著名的或无名的河流，都是江淮生态大走廊的一部分。

对于这样崭新的名词，朋友说起来流畅又自豪。她说，你可别小看这个生态走廊，知道为什么你老家的河流存在着危机吗？因为你们总是等河流污染了才开始治理，刚治理好一点，政府一换届，政策难免有变动，极有可能会导致河流再次污染。说白了，你们没有一个成型的河流保护系统。我们这里就不同了。南方人嘛，心细，又有耐性。政府通过环境约束性指标，逼着沿河的城镇产业转型，都朝着绿色化方向发展，这样啊，就避免了先污染后治理的发展路径……可能来的朋友太多了，当导游也习惯了，这些专业性词语从她嘴里说出来，就像是诗人在心不在焉地念叨着自己写的句子。

她后来还唠叨些什么，我已渐渐听不清了。在河边，在扬州的河边，我的神情有些恍惚。也许北方人见到了扬州的水，都是这个模样吧？都幻想着自己变成一叶扁舟，在河流上无尽地航行，即便不漂流，哪怕做《第三条河岸》里的父亲也好。普劳图斯好像说过这样一句话，不知道哪条路通向大海的人，应该找一条河流做他的旅伴。这句话真好，这句话让我更羡慕扬州人了。毕竟，他们总是很容易就能找到大海的。

作者系著名作家，鲁迅文学奖获得者。

"自在"扬州

薛　舒

　　登上开往扬州的高铁时，并未意识到身为近邻的上海人，我却从未去过扬州。直到下了高铁，接站的司机把我载向长江北岸的城市，过润扬大桥时，司机指着车窗外江边的大片绿洲说：那就是瓜洲。

　　脑中迅速跳出王安石的诗句："京口瓜洲一水间，钟山只隔数重山。春风又绿江南岸，明月何时照我还。"

　　如此耳熟能详的诗句，一直保存于内心，没想过一定要去看一看，因为，我总是以为，自古以来最吸引游人的地方，总是更容易流俗。文人可以把明媚写成哀伤，亦可把荒蛮写成旷阔，文人的笔下，河山并非河山，河山只是心境。而我，总是不想被别人的心境左右，便习惯于规避名胜、远离热点，如此，美好的事物才不至于在我心中枯败，这也是我近于颓废甚至虚无主义的旅游观。

　　然而，很奇怪，汽车在润扬大桥上以闪掠的方式给予我对瓜洲一瞥时，那一瞥，并未有惊鸿之势，却忽然令我生出些许故人相见的亲切感。

瓜洲本是古渡口，亦是航运交通要点，想必古代文人乘船下扬州，多在瓜洲渡泊岸。只是汽车在悬于半空的大桥上快速驶过，我只能远远俯瞰掩映在大片浓绿中的瓜洲。看不分明，却又是另一种远远的分明。是，这就是扬州的门槛了，她给我的感觉，不是烟花三月的扬州，也不是浅深红树的扬州，更不是二分无赖的扬州。倒是记忆中陈子龙的那句"青山半映瓜洲树，芳草斜连扬子桥"更合我意，不故作娇柔，不自怜自哀，坦然大气，胸襟开阔，又有着恰如其分的距离感，一如彼时驶经润扬大桥的我，并未带上情绪，因为，扬州就在眼前了，她自有容颜，自带气质，无需我画蛇添足的诠释。就好像，爱一个人，却从不把爱说出口，思念一个人，却从不把思念刻意表露。这是我所喜欢的方式，亦是我结交朋友时本能的筛选。也许，这就是我第一眼俯瞰瓜洲时，莫名觉得有故交之缘的因由吧

在影视作品中，对于人物的基本设定有一种流行的说法，叫"人

设"。"人设"做好了，角色就有了性格，故事或剧情就能顺利发展。事实上，我一直觉得，城市亦是有其"人设"的必要，技术性的说法，就是"规划"，落于文学的表达，便是容貌、性格、身材，乃至文化学养，以及气质风韵。

作为一座城市，扬州无疑历来有其众所周知的古典文艺范儿的"人设"。然而，在润扬大桥上看到扬州的第一眼，却并未给我流于庸常的诗情画意的印象，而是，开阔、朗亮。这种感觉，也在后几日的游历中充盈。譬如，高邮湖一览无余的平波，即便水鸟的飞翔和栖息，亦是有着更高远的天空和更广袤的泽地。譬如，站在万福大桥上远眺被誉为"城市生态走廊"的"七河八岛"，自是有着水乡的辨识度，而如此纵横繁复的河网与岛屿，竟置身于城市中，除却扬州，更有何处？真正是独一无二。还有，南水北调东线的源头——江都水利枢纽，更是融自然与人类工程的登峰之作。作为中国最大的引江枢纽工程，它却丝毫不显露"工程"的痕迹。行走在绿荫遮蔽的坦荡大道上，身旁是碧水滔滔。倘若不走进抽水机站内部，我会以为，那只是沿江建设的一座生态公园，草木葱茏，鸟语花香，亭台楼榭，恰如世外桃源。还有源头纪念碑、园中园、明珠阁、江石溪碑亭点缀其间，俨然一幅人与自然和谐融洽的美丽画卷。倘若伫立在站体之巅凭栏远眺，南观万里长江波涛滚滚，北望高楼林立一片繁华，东西环视，通扬运河与芒稻河如白色蟒带缭绕在百里田畴……这一切，近乎颠覆了古诗词留在我脑中的对扬州的"小愁绪""小伤怀""小文化"的印象。

倘若说，那些"小印象"是来自以"瘦西湖"与古代文人诗词为代言的城市"人设"，那么如今的扬州，给我的感觉却是练达与明豁，它不再是"小扬州"，当然，也不是"大扬州"，而是"自在扬州"。

"自在"二字，其实也是源自扬州。"七河八岛"中有一座"自在岛"，岛上有民宿，有餐馆，还有游乐园。另，江都区有一处"自在公园"，园内更有扬州全城最大的城市书房。想象一下，周末闲暇清晨，或闲庭信步，或一袭单骑，去往那座叫"自在"的岛，也可去那个叫"自在"的公园。进入某家叫作"探春"或者"惜春"的私家茶社，泡上一壶不必名贵但须当季的绿茶，叫上一汤盅煮干丝、两盏茼蒿烧卖、三粒清水鸽蛋，细品慢酌；或落座于城市书房一隅，做一日屏蔽喧嚣享受宁静的读书客。岛上或公园内的风物，仅是背景，精髓却是——自在。

扬州人何以如此欢喜以"自在"用作命名？想必，有城市建设的智慧在其中，更有生活的趣味在内里。倘若说，"小愁绪"和"小伤怀"早已落伍于当代扬州的城市"人设"，那么作为生活在宜居城市的扬州人民，他们更愿意为自己的城市做怎样的"人设"？

"早上无碳健康，晚上悠闲逛街，出门不堵车，街上风景好，逛到哪里都能买到好吃的。"

这是人们给予全国十大宜居城市之一的扬州的评语，毫无造作修饰，甚至不需贴上名胜风景的标签。自在的城市，自如的生活，也许，这就是今天的扬州率真而又明智的性格。在我看来，也是曾经摘取过"联合国人居奖"的扬州的自信。唯其有着足够的自信与坦然，才会如此，将博大的文化隐于生活，将深沉的情怀寄于自然。

自在，真是个好名字。

坐在回上海的高铁上，心中还在回味着扬州。这么著名的城市，我到今天才去成，便也不觉得遗憾了，甚至还颇为庆幸。要是早些年去，我想，我是绝不能识得如今的扬州这份独有的"自在"的。

作者系中国作协会员，上海市作协理事，鲁迅文学奖获得者。

淮南江北海西头

徐耀新

江苏地域文化南秀北雄，中部兼容并蓄。"淮南江北海西头"，处于江苏中部的维扬文化以国家历史文化名城扬州为中心，上溯到六七千年前新石器时代的高邮龙虬庄文化，覆盖江苏的新通扬运河以北、苏北灌溉总渠以南、大运河以东、串场河以西的区域。它的形成发展与大运河兴衰息息相关：扬州在春秋战国时期因运河而筑城；在隋唐时期因运河开凿而繁荣，"扬一益二"名扬天下；在北宋时期因处漕运要冲、得盐渔之利，成为中国东南部的经济文化中心；在清代，康熙和乾隆多次"巡幸"，扬州再臻鼎盛。维扬文化根植于运河，得益于盐渔，发展于融合，形成了正谊明道、精致秀美、兼容并蓄的主要特征。

正谊明道

汉武帝时期，江都相董仲舒提出"正其谊不谋其利，明其道不计其功"，意思是说"做人做事不要谋求一己的私利，不要贪图一时的近功，合乎正义的利，乃公众的利，是最远的利；合乎规律的功，乃天下之功，是最大的功"。这一正谊明道思想，两千多年来深深影响了维扬文化，直至 20 世纪初，扬州创办新式学堂时还以"仪董学堂"命名（扬州中学前身）。历史上扬州城虽几度毁灭，但守者忠贞不二，"吾扬历来有守帅而无降臣。"宋末李庭芝"奉诏守城，未闻有诏谕降也"，被扬州百姓誉为"双忠"修祠祀之。明末史可法抗清血染古城，"数点梅花亡国泪，二分明月故臣心。"维扬文化千年流淌，自首倡独尊儒术的董仲舒起，始终贯穿了一条正谊明道的主线，体现在维扬地区人民敬义重道的精神面貌上。

精致秀美

"淮左名都，竹西佳处。"维扬地区桥多水多、人文荟萃，给维扬文化烙上了精致秀美的鲜明符号。扬州园林，清人钱泳《履园丛话》评曰："造屋之工，当以扬州为第一，如作文之有变换，无雷同，虽数间小筑，必使门窗轩豁，曲折得宜，此苏杭工匠断断不能也。"淮

扬菜系，精细醇和，精益求精，比如干丝，要将 1.5 厘米厚的豆腐干批成 24 片，进而切成丝，薄如纸，细如线，匀如发。扬派盆景，一寸三弯，"桩必古老，片必平整"，棕丝蟠扎，精扎细剪，单是棕法就有 11 种之多。扬州漆器，涂、髹、磨、绘、勾、填、雕、刻、镶、嵌十种工艺，工精艺巧、色彩雅致、气韵生动。雕版、剪纸、古琴、玉雕、木偶、毛笔、清曲、弹词、评话……扬州市有 3 项非物质文化遗产入选人类非遗名录，19 项入选国家级非遗名录，46 项入选省级非遗名录。泰州市有 7 项入选国家级非遗名录，40 项入选省级非遗名录。它们是一张张精致的维扬文化名片。

兼容并蓄

扬州是典型的移民城市。中国历史上晋永嘉之乱、唐安史之乱、宋靖康之难造成的三次大移民，扬州都是必经之地或栖居之所。唐代，"经运河或驿道进入扬州经商的大食人、波斯人，就有 7000 多人。"清代，扬州盐商十之八九为徽商。扬州的许多会馆，虽然在一定程度上保留了原有的习俗，却没有与本籍人对立现象，凸显了这座南北交汇城市的开放兼容。建筑上，京都红墙黄瓦，流光溢彩，苏州粉墙黛瓦，黑白分明，而扬州则是青砖青瓦，一任本色。工艺上，扬州漆器，精雕细绘而不纤弱，端庄雄健而不粗放；扬州玉雕，小件玲珑秀丽，大件庄重浑厚。饮食上，北方人以面食为主，而扬州的包子却全国闻名；南方人以米饭为主，而"扬州炒饭"却成为一绝。历史上著名的"扬州八怪"（即"扬州画派"）中有 5 人来自扬州地区之外。

维扬文化在历史上培养哺育了众多政治家、思想家、文学家，他们对维扬文化也产生了深远影响。鉴真和尚东渡日本，为中日文化交流作出重大贡献。王良创立的泰州学派是中国历史上第一个真正意义上的思想启蒙学派，引领了明朝后期的思想解放潮流。京剧大师梅兰芳以他的精彩表演实现了中国京剧史上的革命性变革。但扬州作为移民和消费城市，也一定程度上留下了耽于安逸的文化积淀。

作者系江苏省文体厅原党组书记。

甘棠访古

华干林

一

邵伯之名，由来很古了。

邵伯，或者邵伯埭，因东晋太元十年（385）著名政治家、军事家谢安于此筑埭理水造福于民，百姓把谢安比作西周时的召公，于是改原地名步邱为邵伯（古代"邵"和"召"同音）。又因为《诗经·召南·甘棠》有云："蔽芾甘棠，勿剪勿伐，召伯所茇。蔽芾甘棠，勿剪勿败，召伯所憩。蔽芾甘棠，勿剪勿拜，召伯所说。"今天的人已很难直接读懂《诗经》，还是用现代话来说吧：

棠荫茂盛树萌长，千万别砍伤，召公曾用它做房。

棠荫茂盛树萌长，千万别砍劈，召公曾在此休息。

棠荫茂盛树萌长，千万别动手，召公曾在此逗留。

邵伯人知礼仪，懂感恩，且爱人及树，故将邵伯又称作"甘棠"。如此说来，那时的邵伯人，不仅有文化，而且文学得很呢！

层林尽染的时节，我应友人之邀，游访邵伯古镇。

时值午后，暖暖的秋阳下，默念着"甘棠"这个富有诗意的名字，行走在当地人叫做"上河边"的邵伯古街道上，恍如走进久远的历史。古街临河而建，这条河正是京杭大运河最古老的一段——邗沟的遗存，算算它的岁数已有 2500 个春秋。公元前 486 年，吴王夫差为了北伐中原，在今天扬州的蜀冈上筑邗城、开邗沟。这条邗沟由长江出发，蜿蜒北去，直至淮河，邵伯便是邗沟北上的第一站。我们眼前的这段古运河，曾迎送过吴国水师的北伐征帆，行驶过两汉运送盐铁的巨舸，更浮载过隋炀帝杨广的龙舟威仪，并由此开始，书写出了中国水利史上一部最为波澜壮阔的宏伟乐章。而邵伯，也就成为这部乐章中一个极其铿锵的音符。

遥想当年，此处帆樯如林，车水马龙；士绅百姓、贩夫走卒，熙熙攘攘，确是热闹过很长一段时间的。直至清代之后，运河改道西移，此河才成为一条市河。但是河边上深深古巷，"大马头"上块块条石，

以及河岸上棵棵老树，似乎都在绘声绘色地向你讲述着这条河曾经的辉煌岁月。

去年 6 月，在多哈世界遗产大会上，大运河成功列入《世界遗产名录》，邵伯就有淮扬运河江都段、邵伯明清运河故道、邵伯古堤、邵伯码头等 4 段（点）名列其中，在国内乡镇中极为罕见。

二

在这段古运河边上，最引人驻足并遐想的是那座"大马头"。"大马头"即水边上的码头。古巷口那块石刻匾额上的"马"字，常常被人误解为别字，其实不然。由于古代文字数量少，"码头"最初就是用的"马"字。后来文字发展了，才有了"码头"的写法。在仅存的一里多长的古运河边，这样的"马头"竟有五个。而其中最让人流连的是那座"大马头"。邵伯人一直有"邵伯大马头，镇江小马头"的说法。想来，曾经是商贾云集之地的邵伯，竟有过睥睨江南、冠盖江淮的气概。

伫立于"大马头"，想象一下当年运河上樯橹如云、舟船如梭。那一艘艘载着江南大米、苏杭丝绸、扬州玉雕、东海淮盐的船只，在"大马头"上紧张地交接货物。街面上鳞次栉比的店铺，家家生意红火，店伙计们忙前忙后、迎来送往，账房先生一边噼里啪啦地打着算盘，一边和客户交接着银票。东家则在一旁手托着那把磨得油亮的紫砂壶，时而咂上一口香茶，脸上露出意味深长的浅笑。

夜幕降临，沿河的灯笼便一刷齐地亮起来，河岸上的酒楼里，人影绰绰，觥筹交错。粗大的手端起酒杯，喝出的是男人豪气；纤细的手端起酒杯，喝出的是女人温情。几碟凉菜端上桌来，香肠、小肚、盐水豆，道道回味无穷。尤其是那道香肠，味道之美，无人不夸。往往听得意犹未尽的客官向跑堂的小伙子一声喊："给我称十斤带走！"于是邵伯香肠的美味，便驰名于大江南北。

入夜了，但小镇的夜晚毫无倦意，小巷深处依然灯火通明。南来北往的客商们，"马头"跑得多的去了，但比来比去，还数邵伯镇里的夜生活丰富多彩，那"夜市千灯照碧云，高楼红袖客纷纷"的浪漫就不便言传了，单是那书场里的欢声笑语，就足够诱人。坐到书场上，沏一壶绿杨春茶，听一段扬州评话，出了书场再到澡堂里泡上一把，这几天行程的疲惫便统统扔到运河里去了……

如今的这条河，没有了舟船往来，没有了惊涛拍岸，也褪去了灯红酒绿，它静如处子般地躺在古街的身旁。河水清澈，树木荫翳。杨柳秋风，残荷蒹葭。"大马头"上时有妇人浣衣洗菜，呈现的是一派

田园牧歌式的风情。只有那座建于明代、用来调节水位的"滚水坝'
还在用潺潺的水声，细说着这条古老运河的前世今生。

三

由"上河边"古街往东一拐，便走进了古镇的小巷。不足百步，
就是一条通达南北、长达数里，被当地人称为"老大街"的条石街巷。

古镇的底蕴，大多在小巷的深处。那一块块青砖，一条条石板，
仿若线装书上的一行行文字，记录的是小镇的历史年轮和沧桑变迁。
甚至连住在这里的居民脸上的神态都与众不同，这是一种宁静而安详、
自足与无求的神态。据说，联合国遗产保护组织的一名官员到此考察，
见到一位居民独自悠闲地饮酒，这位官员伫足观察良久，而后不无羡
慕地说，我多想到这里来，过这样的生活啊。

然而，小镇的生活也并不全是田园牧歌式的轻松与浪漫。由于邵
伯地处运河要津之地，南来北往，各色人等，其中自然也少不了一些
作奸犯科之徒。故而明代以降，邵伯便设有"巡检司"。巡检司的功
能大抵相当于今天的派出所。朱元璋曾数谕称："朕设巡检于关津，
扼要道，察奸伪，期在士民乐业，商旅无艰。"可见，只有在邵伯这
样的水陆要冲之地才会设巡检司。巡检司的官员是小得不能再小的官
了，因此，即使在辉煌如炬的史册中，也很难见到有关他们事迹的记
载。今天的巡检司衙门，修葺一新，其中陈列着一些关于邵伯名人的
史料，如谢安、张纲，还有清朝尚书董恂等。他们都是邵伯历史上的
俊杰，其事迹代代相传，且越传越奇。而巡检司官员们生命微贱，他

们的名字早已被人遗忘，只有门前那棵古老的甘棠树，其越发密匝的年轮上，还依稀镌刻着关于曾经与它朝夕相伴过的那些"小人物"的零星记忆。

四

邵伯镇最有观赏价值和使用价值的文物，无疑是邵伯船闸。如果将大运河比作一部壮美的乐章，那么，大运河上的船闸就是这部乐章中的一道道休止符。汹涌澎湃的河水流到此处，即被闸门节制得纯良安然，从而让一支支船队并然有序地南来北往。而邵伯船闸的变迁发展，堪称一部中国船闸的历史。倘若追溯，最早便是谢安在此筑埭理水，至唐代建成通航的斗门闸，宋代则由单斗门发展为双斗门船闸，明万历年间建金湾北闸，清代又改建为邵伯六闸。1934年，民国政府为了增加通航能力，利用庚子赔款，在此建造新式船闸，新闸的通航仪式，来了孙科等重量级人物，而"邵伯船闸"四个大字则是蒋介石亲笔题写，足见邵伯船闸在整个运河水系中的地位与分量。

船闸，不仅以其历史悠久令人悠思遥远，更摄人心魄的是古代船闸开启闭合的过程，那简直就是充满力量与智慧，并且极富仪式感的一种表演。那时的闸门开闭完全靠人工操作，巨大的闸门，阻挡着落差极大的水流，当船只过闸时，拉开闸门的是一批壮实的汉子。他们用机关缠绕着粗大的铁索，铁索牵动着闸门。这些汉子一个个身强力壮，他们用青春的力量和生命的能量推动着那个叫做"绞关"的机关，节奏整齐地喊着号子，手臂与腿部突现的肌肉，在推动机关的那一瞬间，展示出男儿的豪迈与风采。仿佛他们推动的不仅是一道闸门的开启与闭合，而是推着整个乾坤在转动。

随着闸门的开启闭合，船队过闸时呈现的又是另一番景象。如果是下行船，闸门打开时，汹涌的流水随着落差奔涌出闸，闸内水位迅速降低。此时，闸内的船只也随着水流的降低而从闸顶降到闸底，船工们眼睛盯着闸壁上的水线快速下沉，一时竟有天上人间之感。如果是上行船，则又是相反的一种风景。船进闸门之后，水位迅速上升，船只一下子从闸底浮到闸面高处，船老大们在忙着紧张过闸的同时，也会忙里偷闲地观赏一下呈现在眼前的古镇风景——沿河的街市，古老的码头，以及码头上浣衣的妙龄女子。

如今，随着运河航运发展和江都引江工程输水调水的需要，民国时修建的老船闸早已拆除，只留半片闸室在运河一隅，供人作怀古之想。在其西侧，已先后建起三座现代化的大船闸。船闸开启也早已告别了过去的人工动力时代，而代之以机器动力与电脑控制，但过闸的

仪式感依然壮观，只是那推动闸门开闭的号子，被各种指挥信号所取代。尤其是闸口上高音喇叭里发出的指令声，那份果断且带有一种强制性的命令，俨然有着指天命地的威严。

过了闸，船工们就大大松了一口气。南去的船只，便迫不及待地驶进了热闹的扬州港湾，在二分明月中浸泡着水包皮与皮包水的温柔。而北往的船只往往会暂停下来，泊靠在邵伯的码头上。船老大们要在镇上采买一些货物，以补充日后行程中的供给。如果是放空的船只，或许还能接上一笔货物，顺载北去，以提高行船的经济效益。而邵伯古镇的街街巷巷，总会给这些船工以家一般的温馨。

五

在邵伯，能体现古镇深厚文化底蕴的另一处风景便是斗野亭了。斗野亭，仅从名字上看便有几分苍凉高古之意。斗者，星斗也，野者，分野也。《滕王阁序》中形容南昌的地理位置为"星分翼轸，地接衡庐"。此处斗野之意乃是因亭的位置"于天文属斗分野"而得名。可见邵伯在古人眼里，竟是一个地理极限所在。斗野亭建于宋熙宁二年（1069），时有诗人刘焘《过邵伯登斗野亭》之诗状尽景物："地势如披掌，天形似覆盘。三星罗户牖，北斗挂阑干。晚色鞭蕖静，秋香桂子寒。更无山碍眼，剩觉水云宽。"

千年风雨之后，斗野亭旧迹早已不存。现今之亭乃今人据史料记载重建。亭之所在，是延伸在运河中的一个半岛，在地理名词中有"矶"的意思，斗野亭安静地坐落在古运河边，白墙黛瓦，飞檐翘角，给人以古色古香之感。走进亭内，果然一股墨香扑鼻而来，四壁上镌刻着数通石碑，石碑上的诗文，皆与运河及斗野亭相关。再看这些诗文的作者，不禁大吃一惊，他们竟然是苏轼、黄庭坚、孙觉、秦观、张耒等北宋一流的文豪。最先来的是孙觉，字复明，号莘老，高邮人。他是胡瑗、陈襄的学生，是苏轼、王安石、苏颂、曾巩的好友，是黄庭坚的岳父，是秦观、陆佃、王令的老师。仅凭这个"朋友圈"，孙觉就足以称得上是个"高大上"的人物。他官至御史中丞，官品、人品皆为人称道，尤其对苏轼敬仰有加，对其弟子也是寄予厚望。他曾竭力拔擢同乡士子秦观，在秦观名不见经传时，首先将其介绍给苏轼，于是，高邮文游台便成了当年苏轼、秦观、孙觉、王巩饮酒论诗之所。孙觉仕途不顺，曾起归隐之意，他在《题邵伯斗野亭》诗中便有"可待齿牙豁，归欤谢浮荣"之句。苏轼对斗野亭似乎更加情有独钟，曾有七次过往。他做过几个月的扬州太守，邵伯又是古代名将谢安开埠之地，苏轼常来访古，也在情理之中。将上述人物关系一理顺，这几位北宋文坛上的明星都集中于斗野亭，并留有诗文，也就顺理成章了。

走过斗野亭北门，不远处，一只铁牛俯卧于此，这便是邵伯又一个重点古迹——铁犀。中国的江河湖海之滨，大多铸有铁器，这是中国古人阴阳五行思维的产物。为了驯服经常泛滥成灾的洪水，人们从五行中悟出了相生相克之理，认为金能克水，故在水滨铸以铁物，以镇水妖。清朝康熙年间，淮河水灾，邵伯镇南更楼决堤，水势汹涌，以致惊动了康熙大帝，他责令漕河总督张鹏翮迅速堵塞决口，并且下旨，在淮河下游至入江处铸成十二只动物像，安放于水势要冲，邵伯铁犀乃其中之一。该铁犀铸工精细，造型生动，体量庞大，重约两吨。如今它依然安静地趴卧于矶头，昂首仰视，目光密切注视着前方的运河，仿佛一位忠诚的卫士，时刻警惕着水情变化。

六

此次甘棠之行，无论是行走在邵伯古街深巷，还是在运河边看舟楫来往，或者进斗野亭作怀古之想，我的思绪一直随着运河水流向历史深处。然而，当在暮色苍茫中步上邵伯湖大堤时，眼界便骤然空阔起来。

邵伯湖又名甘棠湖，位于邵伯镇西，湖水面积达十五万亩，它是扬州文化的重要发祥地之一。湖之西岸，是一片丘陵地带，一直被认为是古代邗城和广陵城的遗址所在。千百年来，湖上人家，稻饭鱼羹，悠闲富足。当年欧阳修主政扬州时，常令人来湖上摘取荷花，在平山

堂上玩击鼓传花的游戏，至今堂上尚悬有"坐花载月""风流宛在"的匾额，记录着欧阳公当年的风流韵事。

而对于水系而言，邵伯湖最大的功能是充当运河水位的调节器。运河溢泛时，它便敞开胸怀，泄洪导流；运河缺水时，它同样敞开胸襟，将湖水毫不吝啬地输送给运河，以保障运河有足够的能力浮载万千帆樯。水情平稳的日子，它则安详如慈母，用她的水乳滋养着一湖的鱼虾蟹鳖、菱芡藕荷，灌溉着湖畔的千亩良田、万顷农桑。

正因为有了这一片浩渺的湖水，邵伯的风景就显得朗润而开阔。河湖相通，湖河相拥，运河具有了湖水的壮阔雄姿，湖水也具有了运河的浪漫风情。此时此刻，站在湖边欣赏风景，才最能体会什么是心旷神怡之意境。

湖上的风景折射到小镇上，便是清晨市场上那一街水灵灵的湖鲜。

邵伯湖湖水清冽、水草丰美，盛产各色湖鲜，仅鱼类就有几十种，除了常见的青、白、鲤、鲫等品种之外，还有船丁鱼、江鲢鱼、马鸡鱼、鳜鱼、白丝鱼、鲈鱼、虎头鲨、草鞋底、鸦片鱼、铜头鱼、鸭嘴鱼等。走进邵伯小镇的市场，就宛如走进了一个淡水生物博物馆，令人大开眼界，甚至有些目不暇接了。然而，其中最抢人眼球的自然还是邵伯龙虾。

淡水小龙虾，本是名不见经传之物，可是近年来，不知借着何等魔力，走红了大江南北、长城内外，甚至成为某些地区经济文化现象的代名词。而邵伯龙虾无疑是这场"龙虾翻身"运动中杀出的一匹黑马，以清爽净洁、口味多样而享誉遐迩。每年夏季一到，整个邵伯镇上便车水马龙、人流如织，一条街的龙虾店，家家生意兴隆，顾客盈门。再看看那些店名也颇具特色，如"窦三龙虾""侯七龙虾""红鼻子龙虾"等。这些店名全然没有时下某些人所追逐的土豪抖金之气，倒是如邵伯湖水一般的清纯可爱，故而生意格外火爆。邵伯镇已连续15年成功举办"中国邵伯湖龙虾旅游节"。小小龙虾，竟舞动起邵伯湖上一个盛夏的火红！

我们在湖边大堤上迎风而立，赏湖光帆影，看云卷云舒。陪同我们的江都区旅游局局长梁明院女士对我说，大运河给了邵伯镇深厚的文化积淀，邵伯湖赐给邵伯镇丰富的物质资源。不久的将来，一条环湖公路即将贯通，邵伯镇、邵伯湖的历史将翻开新的辉煌篇章。她的语气中很是为自己故里未来的发展愿景带有十二分的自信与自豪呢。

夕阳西山外，落霞满湖天。晚风拉动着湖上的天幕渐渐低垂下来，暮霭苍茫，渔火点点。小镇上喧闹的人声，运河上雄浑的汽笛，湖光里轻盈的渔歌，组合成一曲古韵新声的小唱，伴随着凉爽的秋风缥缈而至：

"叫呀我这么哩个来，我啊就的来了，拔根嘛芦柴花花……"

这就是那首著名的邵伯民歌《拔根芦柴花》，歌词和旋律都是极撩人的。

作者系扬州大学艺术学院原党委书记，教授。

运河从邗沟开始

朱福烓

《左传》鲁哀公九年（周敬王三十四年，吴王夫差十年，公元前486 年）载:"秋，吴城邗，沟通江淮。"即是说吴在筑"邗城"的同时，开凿了一条连接长江和淮河的渠道，因这条渠道起于邗城之下，故名"邗沟"。

春秋时期是各国争霸的时期。吴国欲北上与晋争霸，首先要解决进军路线问题，吴国地处长江下游，河川纵横，交通全靠水路，"不能一日而废舟楫之用"，就是说交通运输一天都离不开船。吴国过去连年攻楚，吸取了楚国发展航运的技术经验，先后在国内开凿了沟通太湖和长江的"堰渎"和太湖通向东海的"胥浦"。吴国的造船技术也有很大提高，已能建造各式大中型舰船，舟师成了吴军的主力。当时长江、淮河之间没有相通的水道，要北进伐齐与晋争霸，只有由长江绕海路进入淮河，不仅航程长，且海上风狂浪急，给进军带来很大困难。因此，开凿一条沟通江淮的河道十分必要。吴国根据以往开河的经验，决定从邗地开始，因地制宜地把几个湖泊连接起来，开凿一

条贯通江淮的水道。

邗城西南濒临长江，邗沟（后又称邗江、韩江、邗溟沟、中渎水等）即由此绕城南流向东北，利用阻隔于江淮之间的天然水道和湖泊由人工开挖而成的。因系沟通，并非新凿，故名为"沟"。据《水经注》记载，邗沟自今高邮西南及扬州市江都区之间邵伯湖一带的广武湖（《清一统志》：在高邮西南三十里），今江都北绿洋一带的陆阳湖，再入约今高邮市西北高邮湖一带的樊良湖（《清一统志》：在高邮州西北五十里），折入宝应东南的博芝湖（《清一统志》：在宝应县东南九十里，北会射阳湖），再北折西北出夹邪湖。《水经注》熊会贞注疏云："疑为夹邱之误，当在今宝应之北，山阳之间。"但夹邱是地名，而非水名，《水经注》所记的是水路。有专家以为：邗沟系利用当时的一些主要湖泊连缀而成，为了利用今大运河以东的博芝、射阳二湖，又折向西北。似为沟通湖间的水道名。邪通斜，夹邪即夹斜，也即夹湖间斜插的沟渠，以达于山阳（今淮安市楚州区）。由于是利用江淮之间的天然湖泊联缀而成，故流程曲折，全程三百八十里，比直线距离长出许多。但从此长江、淮河两大水系贯通起来了，这是我国历史上第一条南北向的人工运河。

新开凿的邗沟，河道不宽不深，大型兵船仍难以通行，筑邗沟的次年（公元前485），吴将徐承率兵伐齐，水师并未全部从邗沟北上，大部水师仍由沿江入海，溯淮、泗北上攻齐的。次年大败齐军于艾陵（今山东泰安）。不论怎样，自此以后，从吴都出发，一路可入海北上，一路可从长江入淮河，并由此可通过吴国于公元前482年开凿的黄沟进入泗、沂、济三水，南北的水上交通出现了新局面。

公元前482年，夫差率军到黄池（今河南封丘西南）大会诸侯，与晋争做盟主。这时，一面卑身事吴，一面暗地里大搞"十年生聚，十年教训"的越王勾践趁机攻入吴郡，并自海道入淮，截断夫差的归路，夫差急忙回师向越求和，自此吴成了越的属国。公元前473年，越灭吴，勾践北上会诸侯于徐州（今山东滕县），一时号称霸主。此时已进入了我国历史上的战国时代。

钱穆在《水利与水害（论南方江域）》中指出"而长江在古代，亦未见遽为中国之利……长江舟楫交通之利尚未兴，灌溉农事之利更谈不到"。南方经济远远落后于北方。沟通邗沟实为改变这种状况的先导。邗沟连通了淮河和长江，除战事外，带来了巨大的经济利益，吴国由此可以与中原直接进行物资交换。在近代以前的扬州的发展与繁荣，离不开运河的目大作用。邗沟的开凿，实开其端，其历史意义不可估量。

东汉时广陵太守陈登开樊良湖北口入津湖、白马湖，不再东绕博芝、射阳二湖而直抵末口（即淮安），史称"中渎水"，此为苏北大运河的前身。

隋开皇七年（587），文帝为准备征伐江南的陈朝，开山阳渎，北起山阳，东南经射阳湖与邗沟相接，再次沟通了山阳、江都（今扬州）之间自淮入江的运道，这条山阳渎大体是吴邗沟的故道，主要是减少了曲折。

605年，杨广取代太子杨勇接皇帝位。在这之前，即开皇四年（584），为开凿漕运通道，命宇文恺率工自隋都大兴城西北引渭水，沿汉代漕渠故道向东，至潼关进入黄河，长三百里，名广通渠（后避炀帝讳，改名富民渠）。自此漕运便利。炀帝刚即位，即全面开展了运河开挖工程。此年，征发河南、淮北诸郡民工百余万人开凿通济渠，其走向系从洛阳城西引谷水傍洛黄渠至偃师入洛，再由洛水入黄河，并从板渚（今河南

荥阳汜水东北）引黄水东行汴渠，再从商丘东南行至盱眙北入淮。成为江、淮至中原的主要通道。

在开通济渠的同时，又征发淮南民工十余万人，开拓邗沟，自山阳（今淮安）至扬子入江。这次所开的邗沟，是在原西道的基础上拓宽浚深而成，全长三百多里。通济渠和邗沟，河广四十步，相当于现在的六十米，两岸有与河床平行的道路，路边种植柳树，即史书上所说的："渠广四十步，渠旁皆筑御道，树以柳"。

大业四年（608），征发河北一百万人开永济渠，引沁水南达黄河，北通涿郡（今北京）。大业六年（610）开江南河，从京口（今镇江）通余杭（今杭州）。永济渠、通济渠、邗沟、江南河长达四五千里，南北联系海河、黄河、淮河、长江、钱塘江五大水系，成为南北交通的大动脉，是世界上伟大的工程之一。

对这样伟大的工程，一位美国历史地理学家这样描述道：

由于不满足于黄河流域的两座帝都，隋朝皇帝命令在长江入海口以北的江都（扬州）修建第三座都城，挖掘漕渠将三座都城连在一起。

到隋朝末年，运河将北边的海河（今日的天津位于海河流域）同南边的杭州相连，使东南的扬州和西北的长安相通。在这个时期总共挖掘运河近 1300 公里。

这里特别强调了扬州的特殊地位。

完成这样伟大的工程，不是个人意志可以决定的，乃是历史和时代的要求。当时南方经过东晋南北朝二百多年的开发，已逐渐成为富饶之区，南北物资交流成为迫切的需要，从政治和军事上来说，加强对地方，特别是江南的控制，以维持统一，是迫切的任务。在陆上交通并不便捷而且没有新式交通工具的情况下，水上交通最为重要和最为可取。大运河就是适应这种历史情况而开凿，也只有在国家统一经济发展的情况下才能得以完成。可以这样说，即使隋炀帝不开凿，也一定会有其他人出来开凿，历史的要求，不可逆转。对此，唐长儒先生有很好的评述：

在隋文帝和炀帝统治时期，还做了一件大事，就是开凿大运河。这件事主要是炀帝时代做的。我们认为这是一件好事……不管统治者主观上怎么打算，是为了剥削还是为了镇压人民，从客观效果来说，南北当时归于统一，经济、文化交流频繁，这一条运河的开凿是有利的。而且不单是隋朝需要，一直到后来的一千几百年，运河一直还是发挥南北水路运输的作用。

这不由人想起唐代诗人皮日休的《汴河怀古》："尽道隋亡为此河，至今千里赖通波。若无水殿龙舟事，共禹论功不较多。"还有清初史学家谈迁说的："吴（指春秋吴王夫差）、隋虽轻用民力，今漕河赖之。"这些评价是恰当的。

从邗沟的开凿到隋代大运河的贯通，邗沟都处在南北交通的必经要道和咽喉之地，其在历史上开创性和持续性的作用是不可估量的，人们谈起大运河，首先想到的一定是邗沟，这是历史的必然。

作者系扬州学派研究会副会长。

君家旧淮水　水上到扬州

韦明铧

"淮海维扬州"

"淮海维扬州"一语出自《尚书·禹贡》，本意是从淮水到东海之间乃为古扬州之地域。人们通常所说的"淮扬"这个字眼，在古代也是指淮河与长江之间的一片区域，并非指淮安加扬州。但是扬州、淮安在古扬州地区唇齿相连。

春秋时夫差开邗沟，南头是扬州，北头是淮安。西汉时刘濞崛起，扬州、淮安都属于吴国。唐代扬州、淮安都归淮南道管辖，大都督府驻扬州。元代设淮东道，先驻淮安，后移扬州。清代康熙年间曾置淮扬道，驻淮安府，领淮安、扬州及徐州。

明清时两淮盐商富甲天下，淮南盐商多在扬州，淮北盐商多在淮安。更有名闻天下的"淮扬菜"，把扬州、淮安一锅煮，谁能辨出什么味道是"淮"，什么味道是"扬"？从古到今，扬州和淮安都是运河沿岸最重要的城市，也是长江以北最核心的城市。

扬州和淮安显然有着许多互相学习的地方。在扬州建成长江大桥、

宁启铁路、扬州泰州机场和国家卫生城市、国家环保模范城市、国家园林城市、中国人居环境奖城市之后，扬州的发展依然面临不可忽视的矛盾和问题。那主要是重要产业、重点企业、重大项目的支撑带动作用不够明显，经济增长方式粗放的状况尚未根本扭转，持续稳定发展的基础还不牢固。而淮安这些年来围绕工业强市的战略，努力克服国际国内经济运行中不利因素的影响，大力推动经济发展方式转变与经济结构调整，着力提高工业经济增长的质量与效益，工业效益得到明显改善。淮安在经济发展中，交出了漂亮的成绩单。

扬州有富春包子，淮安有鼓楼茶馓；扬州有邵伯菱角，淮安有淮城蒲菜；扬州有文思豆腐，淮安有平桥豆腐。这些都只能互补，而不可取代。

"河下街"与"河下镇"

扬州有河下街，淮安有河下镇，都因河而兴。河下街原有南河下、中河下、北河下，现在唯有南河下风韵犹存。河下镇荒废已久，近年得到大力修整，已成为当地旅游的亮点。

淮安有悠久的历史和丰厚的文化。古人称它是"四绝之地"，即文出甘罗，武出韩信，孝出王祥，逆出杨耿。许多时候，人们把淮安与扬州相提并论，因为两座城市确有可比之处。明初大学士丘濬游历了淮安之后，觉得扬州的美景好像搬到了淮安。他把淮安同扬州的风光做了比较，在《过山阳县》一诗中说："扬州千载繁华景，移在西湖嘴上头"。西湖嘴就在淮安河下，是当年淮北盐商聚居的地方。

说淮安和扬州的风景或市容有相近之处，应该有两层意思：一是说它们都因为盐业的缘故而显得市面繁华；二是说它们繁华的根本原因都在于盐商荟萃。清人黄均宰在他的《金壶浪墨》一书中，特别写到淮北盐商聚居的淮安河下镇，有一段这样的文字："出则仆从如烟，骏马飞舆，互相矜尚。其狡黠者颇与文人相结纳，藉以假借声誉，居然为风雅中人，一时宾客之豪，管弦之盛，谈者目为'小扬州'。"盐商居然把扬州和淮安这两座古城塑造成了相似的面孔，淮安也获得了"小扬州"的雅号。

就扬州而言，当年盐商聚集而府邸森严的去处，首推河下街。"河下"的意思，就是运河大堤之下。这里舟楫往来，交通便利，南来北往的商船、客船、官船，大多在此停靠。盐商们都喜欢沿河而居，他们聚居的地方就叫河下街。河下街会馆、豪宅、园林鳞次栉比，当年的盛况犹见于南河下一段。《扬州竹枝词》所谓"商人河下最奢华，窗子都糊细广纱""醝商连檣拥巨资，朱门河下锁葳蕤"，均非故意夸饰。

有意思的是，淮安城西北那个淮北盐商聚居的地方，也叫做河下，同样因地处河堤之下而得名。清人《淮安河下志》叙述了它兴感的由来是："明初运道仍由北闸，继运道改由城西，河下遂居黄（河）、运（河）之间，沙河五坝为民、商转搬之所，而船厂抽分复萃于是，钉、铁、绳、篷，百货骈集。及草湾改道，河下无黄河工程，而明中叶司农叶公奏改开中之法，盐策富商挟资而来，家于河下，河下乃称极盛。"明代中叶，户部尚书叶淇主张实行"纳银中盐"，促使四方富商带着雄厚的资本来到两淮投资定居。因为两淮盐务的淮北分司驻在淮安的河下，所以群商也荟萃于此。这样，淮安河下镇赫赫扬扬傲居群雄了几百年。

淮安的河下镇与扬州的河下街惊人地相似。高墙、大宅、美园、嘉木，一应俱全。清客、健仆、妖姬、戏子，无所不有。扬州人阮元有《游淮阴柳衣园》诗云："谁家池馆傍淮滨？薄暮风光拨眼新。初月残阳交弄影，绿杨红杏共扶春。"柳衣园是淮安程氏盐商的家园，园中景色和扬州没有什么两样。

"扬虚子"与"淮瓶子"

最早注意"淮瓶子"一名，是在写《两淮盐商》一书的时候。为了说明两淮盐商的积习，曾用"扬虚子"来代表盐商奢侈一面，用"淮瓶子"来代表盐商的吝啬一面。"虚子"意指夸大失实、虚张声势，"瓶子"意指只进不出、守口如瓶。一方面是挥霍无度，一方面是锱铢必较，两方面合起来便正好是两淮盐商的作风和习气。

"扬虚子"的名字，有了相当长的历史。清末《小说月报》发表过苏州包天笑先生的一篇文章，说："扬州俗尚繁华，人多虚伪，故有'扬虚子'之称。居人尤喜摆官派，甚至曲巷私娟，亦自名为公馆。"这是讽刺扬州人好摆场面，明明是寻常百姓，也要冒充官派作风。

"扬虚子"一词在扬州最繁华的清代中叶未见记载，到晚清才突然流行开来。究其原因，当与扬州的经济盛衰有密切关系。清代中叶的扬州，盐商们都腰缠万贯，市民们也都丰衣足食，加上康熙和乾隆两个皇帝十二次南巡，仿佛瘦西湖里的水都是银子，用也用不完似的。那时的扬州人，哪里用得着冒充什么官派！可是等到这一片落日的辉煌过去，大清帝国进入了无歌的长夜，扬州人便只好打肿脸充胖子，以维持昔日的那一份体面了。

"虚"的对立面是"实"。曹聚仁先生说得最好，扬州人有"扬虚子"之称，但是扬州学派却以"笃实宏通"著称。所以"扬虚子"并

不代表所有扬州人。

淮安是闻名已久的古城。秦汉之际的名将项羽、韩信，汉赋大家枚乘、枚皋父子，南朝文学家鲍照、鲍令晖兄妹，宋代巾帼英雄梁红玉，明代小说家吴承恩，清代民族英雄关天培，都是淮安人。但淮安人却有个奇怪的称号，"淮瓶子"。这同上述那些叱咤风云的历史人物似乎一点也不相称。

民国小说《丛菊泪》写到一个在淮安做盐商的江西人鱼某，称之为"淮瓶子"，把他很揶揄了一番。书中所说的"淮瓶子"，特点是极度贪财且不顾体面。

"淮瓶子"又作"淮评子""淮贫子"，有贫嘴、贫穷之意。近代著名学者罗振玉先生是淮安人。他的后人罗继祖教授在《庭闻忆略》里回忆说，罗先生"对淮安人的一些生活习惯看不上；淮安还不够冠盖簪缨集中的地方，但因和扬州靠近，沾了盐商的光"。他又讨厌人专盘算钱，"淮人纤啬好治生"。这些话有助于我们了解当年淮安的社会风气。

每个地方都有"习气"，但愿这种"习气"只属于历史。

《朱自清年谱》与《季镇淮作业》

许多文化名人与扬州、淮安有深刻联系。如扬州八怪之一的边寿民，是道地的淮安人，但他在扬州的名声比在淮安更大。《老残游记》的作者刘鹗在扬州、淮安都生活过，两地文化都对他产生过重要影响。国学宗师任中敏是扬州人，却是在淮安出生和接受启蒙的。在近现代高等教育史上，有一对师生情谊的楷模，那就是扬州人朱自清和淮安人季镇淮。

季镇淮字子韦，淮安人。历任清华大学研究院研究生，清华大学助教、中文系副教授，北京大学中文系教授、主任。著有《朱自清年谱》《中国文学史》等。当年季镇淮在漫天抗日烽火中千里迢迢奔赴昆明报考西南联合大学中文系，主考的正是朱自清先生。从此，朱先生得到季镇淮终身的爱戴与崇仰。

西南联大崇尚自由的学风，注重发挥老师的专长。朱自清专门开设了研究春秋战国时代游说家的《文辞研究》课程，只有两个学生选修，其中之一就是季镇淮。据季镇淮回忆，朱自清的《文辞研究》虽然只有两人听课，但朱先生仍如平常一样讲授，从不缺课，而且照常考试。有一次考试，朱自清让学生标点两篇古文，季镇淮有几处没有看太懂。几天后卷子发下来，错处已被朱先生详细标注出来。但过了不久，师生在路上偶遇，朱自清特地告诉季镇淮，他试卷上某处一个标点没有标错，还是原来那个好。季镇淮说，朱先生批阅学生作业不仅细心，而且虚心，从不固执己见，对学生作业即使是一个句读符号，也要几番考虑，唯善是从。如今在扬州安乐巷的朱自清故居里，陈列着一本《季镇淮作业》，那是朱先生为他的学生季镇淮批改的作业。一笔一画，都是真情。

朱自清逝世后，成立了《朱自清全集》编委会，成员有叶圣陶、郑振铎、吴晗、俞平伯、浦江清、李广田、王瑶、余冠英、徐调孚、季镇淮等。1997 年，《朱自清全集》由江苏教育出版社出版，其中有季镇淮的心血。

　　季镇淮写过一首怀念朱先生的诗："舒愤娱忧一卷诗，陈言务去把新词。从来唐宋难分界，赏析精严忆佩师。"透露了他们师生间不寻常的关系。文化的品格，人格的力量，使得"淮扬"变成割不断的情结。

　　作者系扬州文化研究所所长，一级作家。

后记

2017年，习近平总书记先后两次作出重要指示批示，要求古为今用，深入挖掘以大运河为核心的历史文化资源，把大运河文化统筹保护好、传承好、利用好。为切实落实总书记的重要指示批示精神，国家发改委牵头组织编制了《大运河文化保护传承利用规划纲要》。作为运河长子的扬州，积极响应大运河文化带建设规划要求，提出在扬州建设中国大运河博物馆，随后，得到了国家相关部门和省委、省政府的全力支持。今年5月5日，中国大运河博物馆（筹）奠基仪式在扬州运河三湾风景区隆重举行，这标志着中国大运河博物馆建设正式拉开帷幕。

为配合中国大运河博物馆建设和大运河文化的宣传传承，我们选编了这本《名人笔下的大运河》，遴选了近十几年来以大运河扬州段为写作对象、并且公开发表过的散文佳作15篇。由于篇幅的限制，也囿于我们的水平，本书所选作品未必尽妥，敬请广大读者不吝指正。

令人高兴的是，全国政协原副主席孙家正先生欣然同意将他

2009 年 9 月在扬州举办的"首届世界运河名城博览会和世界运河名城市长论坛"上的主旨演讲《不是生母,便是乳娘——运河、运河城市及其城市精神》收入本书并作为代序,这使我们深受鼓舞,也激励我们以更加饱满的热情,投入到大运河文化的保护、传承、利用工作中去。在本书出版之际,我们谨向孙家正先生表示衷心的感谢!

本书的出版,得到了扬州文化博览城建设领导小组办公室、南方出版社、恒通集团、扬州国书文化传播有限公司等单位的大力支持,扬州报业传媒集团高级记者、摄影家程建平先生为本书图片的拍摄付出了辛勤劳动,陆海霞、郭芸等同志为入选作品的初选、编排、校改等做了大量细致的工作,在此一并表示衷心的感谢。

编者

2019 年 9 月